内心尚未崩坏的地方

小野酱 著

江苏凤凰文艺出版社
JIANGSU PHOENIX LITERATURE AND ART PUBLISHING, LTD

图书在版编目（CIP）数据

内心尚未崩坏的地方 / 小野酱著. — 南京：江苏凤凰文艺出版社，2018.1
ISBN 978-7-5594-1279-9

Ⅰ.①内… Ⅱ.①小… Ⅲ.①散文集—中国—当代
Ⅳ.① I267

中国版本图书馆 CIP 数据核字（2017）第 255464 号

书　　名	内心尚未崩坏的地方
著　　者	小野酱
责任编辑	孙建兵
出版发行	江苏凤凰文艺出版社
出版社地址	南京市中央路 165 号，邮编：210009
出版社网址	http：//www.jswenyi.com
印　　刷	三河市华东印刷有限公司
开　　本	880×1230 毫米 1/32
印　　张	8.625
字　　数	210 千字
版　　次	2018 年 1 月第 1 版　　2022 年 1 月第 4 次印刷
标准书号	ISBN 978-7-5594-1279-9
定　　价	39.80 元

目录

7　野段子　　　　189

曾经，你是不是喜欢过我?

走过最险的路就是你的套路

诗和远方都是假高潮

女汉子简直就是对女性的最高褒奖

迷妹总多情，偶像总撩骚

你真应该得点矫情病

一个胖子找你聊五块钱

咪蒙的嘴炮也拯救不了朋友圈

生活就是要撩啊!

说出来的是话，写出来的就是道了（代序）

我特别喜欢鼓励小伙伴写字，尤其是经常写字，最好是天天写字。我甚至给我们大学生公益项目——黑苹果青年的项目成员们强调，能一天写五百字的感受，写满一年的找不到工作我帮他们找。这话是十二年前说的，真有那么八九个人做到了，大部分是大学生，小野是我助理里面经常写字的两个人中的一个。

写作为何如此重要，我认为一个受过教育的知识分子最重要的技能就是用文字去记述和梳理，并进一步提供系统的文字逻辑去构设问题解决方案。能做到观察现象，自有描述的角度，这就有了属于自己的文风，小野就这样有了自己的文字和文风。比较只会语言表达，文字表达能让大家对于文主的观察面、选择论据的方式、立论风格有更系统的领会。很多周围的人包括我，对于小野的认识就一直多一道文字的意义的。

从公道到私情，从做事到做人，从饮食到男女，从创业到创伤，小野说的事儿是当今只要是个有领子的人都会经历的事儿，但小野的说道方式也杂有惊悚故事、逗比伦理和颠倒逻辑的特点，再加不错的标题党功夫，很多文字摆在那里就有招徕注意力的味道。喜欢的人就觉得说得有过瘾之处，不喜欢的人觉得话为啥要说得那么出棱角。毕竟小野写字也不是一天两天了，同样说一件事她已经得到点说话招人的要道了。

小野经常随行我，做我的一部分工作的助理，但她不同于其他助理的是往往有自己的议事日程，偶尔显出心不在焉的劲头，其实我并不在意，因为如果你有自己要写的作品，把随行当作一个采风的时机也是好的，毕竟做我的助理乃是为了树一个链接做事和我周边资源的出口。场景变换，若能刺激他们做出更好的文章和事情，这才是我的期待，小野是在这个方向上的。

一个爱文字的人，很少把写作看成负累，而更像自己乐意逗弄的宝宝。在这点上我和小野有同好。所以忙里偷闲的写作既不是勉强，更不是任务。这本书是小野的一堆孩子，你们看着这堆野孩子一样的文章，就可以更认识小野这么一个作家，很作的玩家。

袁岳

2017 年 9 月 1 日

1

雄性生物图鉴

天气这么冷，我们就写写暖男吧

既然天气这么冷，我们就来说说暖男吧！莫名其妙地冒出来这个词，是琢磨着现在的女性朋友们是多缺少关心，才会造就这样一个词呢？或者定义这样一群人呢？

存在即为合理。分析分析原因咯！暖男的定义。

首先，得有个准确的定义。笑容要灿烂温暖、性情要温和、很多家务事都会做、思考问题很细心、方方面面都能考虑到、能站在别人的角度思考问题、有同理心、说话温柔及如和煦春风。这是我的定义。

我的定义参照项，来自我MBA同学，姑且叫他C欧巴。小女不才，江湖混这么多年，也未遇到几个暖男。班上的C欧巴刷新了纪录。身为班长的我，因为有此人的存在表示非常的欣慰且省心。

中央空调

说到这里，肯定有一些同学会疑惑，是不是只对你一个人好。我想说并不是，在很多班级的事情上、同学的事情上，C欧巴都是很细心和煦，如沐春风的。俗话说得好：暖一个叫暖男，暖一窝叫中央空调。

不管是暖男，抑或是中央空调。我都认为，这些人是有人格魅力的，他们至少具备大部分中国男人所没有的素质。

第一，能解读女性需求的高情商。情商修炼非一朝一夕。暖男都会有某种层次的敏感，去体会到人性的深层次的需求。有本书叫《男人来自火星，女人来自金星》，这本书的书名就告诉我们，男女的思维模式是截然不同的。所以，很多男生在跟女性沟通情感问题时，会觉得女人莫名其妙。相比较大部分中国男人的情商，暖男是绝对超出及格线的。

第二，暖男的功能是强大的。上得了厅堂，下得了厨房，这些技能都是必需的。比如，我们班组织自驾活动。班级的暖男们（C 欧巴、L 鲜肉），在我没有布置什么任务的情况下，就会帮我把事情规划好，很多的细节事情提醒我做到。路线、车辆安排、住宿及活动安排，功能强大到我是一个摆设。当然，我太乐意做这样的摆设了。

第三，耐心与细心并存，任劳任怨。耐心和细心真的不是很多中国男人做得到的。大男子主义是我国男士喜闻乐见的状态。加上现在都是独生子女，饭来张口衣来伸手的“妈妈宝”男生越来越多。勤劳细心耐心的暖男就甩他们好几条街且暖男大部分时候是乐于奉献的。

男人中的绿茶婊

女人的角度，暖男是一种无公害的必需品。男人的角度会说：暖男是男人中的绿茶婊。是不是男人中的绿茶婊取决于三个字：目的性。

假设这个男人对你所有的暖，所有暖心的行为最后是为了暖身。那么，这就是男人中的绿茶婊。想想暖心暖一窝，暖身也暖了一窝。好想高唱一曲：让你们红尘做伴，活得潇潇洒洒，策马奔腾，共享人世繁华。

如果，这个男人所有暖心的行为，是因为天性使然，且因为觉得温暖了别人的同时，也能温暖自己。我觉得这在某种程度上是一种大爱。你想想，一个人没吃你家没喝你家的，就投以这种无私奉献的革命节操。好想说一句：你若暖男，便是晴天。暖男暖什么？

在这个冰冷的社会，暖男是一种感化的力量，如冬日的和煦阳光，温暖着身边的人。

在男女平等的社会，女性在职场备受压力，自然情感上需要暖暖的男性常备身边。很多时候，我们认为是因为别人温暖了我，而我才去温暖别人。其实呢，是我们在温暖别人的时候，也温暖了自己。

暖始发于男，却温在人间。

成长吧，妈宝男

妈妈宝的男生们

我不知道诸位女性朋友们周围是否有这样一群男性生物存在。他们说很多事情第一句话就是：我妈说。他们做很多事情第一句话：我妈叫我做的。他们阐述一个物品的时候第一句话：我妈给我买的。

我们再特写一下这类人的穿着：可能毕业多年，依然穿的跟高中生一样。可能年方三十，依然穿着妈妈买的衣服，都没有独立的审美。然后，觉得自己超级自信的可以睥睨全宇宙，因为我是麻麻的乖宝宝。

妈妈们作为互联网移民，对于世界的认知还停留在十年前，你要在你妈的认知里面再去找认知。我只能报以微笑，并且无力吐槽。

美感教育

周遭的妈宝们，保留着相似的着装标准。妈妈潮一点儿的还能打扮成高中鲜肉状。妈妈审美土一点儿的基本上就是二十世纪八十年代最流行穿着。

中国的审美教育是缺失的。所以，一些学历很高的童鞋，似乎只会读书。穿着目前朝鲜人民最流行的装束，意气风发。因为古人曰：腹有诗书气自华。他们觉得：你们这些凡人，哪里懂我们这些学霸的审美。

我们小时候的美术课都被主课老师霸占了。我们不能说，小学中学的美术教育能造就什么大师，至少会造就审美意识，知道什么是美的。艺术审美虽是无用之用，却是能有趣生活的必要手段。只有智商没有颜值才是更大的硬伤。

这个看脸的社会，这些男生们一边挑剔着女生的长相身材，一边放纵着自己的审美。试问一句，哪里来的勇气？

情商教育

颜值不够，着装凑！

着装不够，情商凑！

然而，很多时候，都好想歇斯底里地大喊一声：情商被狗吃了吗？

你不能说他有坏心。但是，你说三十岁的人，说话这么白目，不分场合我们是该原谅还是不原谅呢？我不知道这个需要什么样的人才，是博士还是博士后，之后还有院士。即使，你才高十八斗，大家都不愿意跟你合作说话，如何发挥你的才高十八斗呢！

小时候，我们是分数导向。中国教育没有教会我们如何去爱，如何去表达爱。不会去爱人也是一种殇！注定孤独终老啊！

成长吧，妈妈宝！

写这篇文章的本意，是总结了剩男的一些特点。当男女地位平等的时候，女性再也不会为了婚姻，去跟这些妈宝们将就婚姻。如果，妈宝们不成长，真的不适合结婚生子，貌似离了你妈你也活不了的样子。

从无趣的工作八小时外的生活，到被妈妈无微不至的照顾，令人着急的情商和审美，傲娇的高学历。

妈妈宝，直男癌晚期。你们真的得了一种病叫：无妈不活！有病得治！

男人都是些什么鬼

大概我是疯了，才会写这样一个标题。发现大家娱乐完各种婊后，又有一大拨形容男性的名词袭来。大叔，老干部，师傅……之类的，那就看看这都是些什么鬼！

大叔、蜀黍都是一个属性，做事成熟稳重有岁月积淀的男人。如果有人叫你大叔或者蜀黍，那都是对你极其的肯定，就是说你这个人得非常有人格魅力才行。大叔这种称呼出现在韩国电视剧里面特别多。

你总结一个共同性，就是这类人或许颜值未必多惊艳，但是，为人处世多半成熟冷静，遇事宠辱不惊。当然，这跟他们的经历有关系。有个词叫活久见，就是活得久了见的自然就多了，遇到事儿也见怪不怪了。

很多女生就很吃这套，觉得被保护，觉得大叔们都有一种光环，觉得自己特别受呵护和关爱。所以，又出现了一个词叫：大叔控。就是指钟情于大叔的姑娘们，去看看吴秀波、张涵予、梁朝伟，您大概就知道啥叫大叔了。如果大叔有一些带有岁月感的爱好和观点，基本上就是老干部了。

老干部，这是在说一种行为作风。非常有画面感的名词。比如，这人明明是 80 后，但是全然没有 80 后的属性。生活上勤俭节约，不追求潮流，遵循上一辈人的生活和工作作风，没事还爱跟你讲点特别大义凛然的人生哲理，不可撼动的样子。在某种意义上，老干部是个褒义词。被形容老干部作风的同学，我怕很多人 get 不到这是褒义，在老干部的世界里，恐怕还不能体会到这一点。

老干部之所以火，火在一本正经和年轻的外表的反差吧。总感觉年轻人应该各种年轻活力宇宙无敌，但是这些有年轻外表的人住着个六十岁的内心，有着那个年代的淳朴与认知，这就是一种反差萌啊！代表人物霍建华、靳东。

老干部之所以火，火在物种稀少，速食年代的特立独行的忠于自我。在这样一个快餐的年代，老干部们仍然做事一丝不苟，保持自己独立的生活节奏，不被世俗所打扰，我认为是一个很可贵的作风，我们缺的不是迎合，是在这样乌烟瘴气的社会里还能保持自我。从来精神的依附、人云亦云的人都是内心极其脆弱的。

综上所述，大叔、老干部都是褒义词。如果您有钱，在您中年的时候，可以被称为大叔、蜀黍、老干部。如果您中年的时候，啥都没有，那么您只能被叫作师傅。师傅这个词目前来说，属性类似于女人的黄脸婆。男色消费时代，我们女性也可以指指点点，分门别类各种男人的感觉甚好。

分享狂的意识流

晚上跟一位大叔聊天，我依然敬重很多为了成事而蹦跶的人。世界上没有那么多非黑即白的事情。但是格局、情怀、胸怀决定一个人要做的事儿的导向。我可以两败俱伤，我也可以合作共赢。在你没有成为世界警察前，我认为做成什么事，比我们是什么立场更重要。因为，世界秩序不会因为某个人的存在而改变，愚蠢的人类总是在成事的过程中放大自己的作用。殊不知，在这个英雄辈出的年代，离开谁地球都一样自转公转，一样丰富多彩。

渣男与纯爷们儿

上一篇《男人都是些什么鬼》推送之后，后台留言很多，主要分为三类。

第一类，是问我，我应该算大叔吧？容我笑一会儿，请男同胞自信点好咩！第二类，点赞我最后段意识流的。感同身受，说得特别好！第三类，点赞配乐的。说谭维维那首《如果有来生》真的好赞！

今天想说说其他几类，爷字辈，渣男，依然来自我意识流、跑偏狂大脑。之前在我的文章中写过暖男。

爷字辈，比如：小爷、爷们儿！

爷，北方男人叫嚣甚多。一般自称少爷或者老爷。基本上都有一颗傲娇的心。标准台词为：今儿，小爷就陪你玩玩；爷还就不信这个邪了！做了点有血性的事情，就得号称自己纯爷们，铁血真汉子！诸如此类云云。多少有点自命不凡的意思。

另一类，就是别人称其为“爷”的人。并不是辈分层面的称呼，是赞赏这个人在某一个领域特别有话语权，实力很强。当然，傲娇气质不能丢，要有能退避三舍的霸气。比如：我的研究生老师，我们学校扛把子的，我们就称呼：钢爷。那就是江湖地位的显现。还有范冰冰范爷，我不嫁豪门，我就是豪门。霸气侧漏的话语，是诸多女汉子的楷模。

关于渣男，西蒙·波伏娃说：阶级斗争不包括性别斗争。女权意识越普及，也越来越会刺激更多的人选择当渣男。渣男，用于那些品行不端，欺骗玩弄女性感情的男人。私以为，是一个有技术含量的事，情商和智商兼备，还得有点儿演技。通常渣男都是先装小绵羊，博取女性的圣母之光泛滥，呵护之心飙升。随后，就开始露出大尾巴狼的真面目。当女性同胞发现后，就挥一挥衣袖带走所有能带走的，道一声萨哟那拉！

渣男这个物种，总是得试过才知道是渣男。如果，女同胞不小心遇到了渣男，恭喜你，那是你情商智商进阶的天梯。《Up in the Air》里面说：谁年轻时，没有爱过几个渣男。渣男还有背书作用，就是我渣过一个略有心得，我可以继续祸害下一个。

渣男都是演技派，如果有点姿色，那就更恐怖了，杀伤力立马上一个量级。话说回来，渣男都是被好女人惯出来的，有圣母心的小伙伴们通常都是头号祸害对象。所以，爱情这种东西，保持独立性太重要。不然就真的，我将真心照明月，奈何明月照沟渠。你伤害了我，还一笑而过！

标签化人格，一部分是有趣好玩，一部分是找点谈资。一家之言，聊以娱乐。愿每一个爷字辈永远霸气侧漏。愿每一个渣男回头是岸，不回头的就希望月亮来消灭他们吧！

天才都是一个样

强烈推荐这部电影《The Imitation Game》，虽然我知道已经过了档期，春节在家本着寻求点真善美的原则，我又翻出来看了一遍。这部电影是说人工智能之父图灵的生平。

说卷福

对，就是那个图灵！

对，就是那个霍金！

对，就是那个夏洛克！

对，就是那个卷福，未来一年他还出演爱迪生！

So，你知道了，以后我们的子孙在回忆起天才的时候，都是长一个样子的！

虽然我偶尔有一点跳戏，恍惚间会觉得华生下一秒是不是应该出来了。但还是要大赞下，卷福真的是一个戏痴，在戏中添加了很多小动作来阐述这个内心极度敏感，不善于与人沟通的天才，比如，被人问问题时，会时不时地多次抿嘴，反复的搓手指，抖肩膀。

虽然觉得男二似乎要帅气不少，但是莫名就花痴了这个马脸，这部电影让卷福获得了好莱坞电影奖最佳男主角。

说电影

这是一个深藏功与名以及码农基情的戏。一个不受人待见的奇怪小孩，他吃饭的时候会因为胡萝卜和豌豆的颜色不一样而强制把它们分开。他的总总奇怪的行为，让同学们都捉弄他，把他藏在地板里面。终于他的天使出现了，他们一起玩耍，一起看书，还给了他一本密码学的书。

当男孩鼓起勇气用密码写了“我爱你（P ZQAE TQR）”的时候，却收到了一个噩耗。唯一一个和他玩耍的小男孩，也是他的挚爱之人，因为生病去世了。这是个非常大的打击，电影前面铺成的非常和谐的暖色调，来烘托他们之间纯纯的感情，后面他的好友去世的噩耗，好像六月的大雪一般，冷彻心扉。

这件事对图灵造成了很大的影响，电影后来揭示图灵是homosexual，他设计的那台机器就是他小时候玩伴的名字：克里斯托弗。这个孤独的小孩，有一点让人心疼。

战争结束后，图灵深居简出，他的未婚妻去看望他。他说，我因为“明显的猥亵和性颠倒行为”（同性恋），法官让我选择坐牢还是荷尔蒙疗法。我当然不愿意坐牢，我要工作，我不是一个人，从来都不是。如果我不接受治疗，他们就会把克里斯托弗从我身边夺走，他抚摸着克里斯托弗，说：它变得更聪明了。他满含着泪水：你们不能让我一个人！看着他的脸，说不出的心疼。

他说：我不想一个人，我不想一个人。这句话从孩童时期到现在，一直都是他内心深处无奈的呐喊。天才都是孤独的。戏中有一段图灵跟探长描述机器的用途的时候，他说：你爱草莓，我讨厌滑冰，你喜欢看书，而我花粉过敏……此时，脸上泛起的温情，一度让我觉得他是在说他和上学时玩伴克里斯托弗的相处细节。

说金句

有几句话在我看来印象是非常深刻的。跟诸位分享一下！

Do you know why people like violence? It's because it feels good. Humans find violence deeply satisfying. But remove the satisfaction, and the act becomes hollow.

你知道人们为什么喜欢用暴力吗？因为那感觉很好。人类觉得使用暴力令人满足。但是除去这些满足感，暴力行为就变得很空洞。

Sometimes it's the very people who no one imagines anything of who do the things no one can imagine.

有时候，正是那些人们认为的无用之人成就了无人所成之事。

木心说：别再提图灵了吧，他的死，使我们感到大家都是对不起他的。天才总天真、坦荡、毫不设防地迎向这个庸人占领的世界，一腔热诚赋予世界，世界待他们，往往却是一盆脏水兜头浇下。

2
你所见即为爱情

孙子以及宝贝们的爱情故事

跟着小野老师念一遍不是孙子（zi）是北京话孙子（zei），老北京骂人的话。

嘿！这孙子！解读起来就是，做的事儿不靠谱儿，或者拿你没有办法。研究了下老北京人骂人的话，发现骂人都不带具体的脏字，不涉及父母，威慑力同样不减。说你花花肠子，就说你有猫腻。说你吹牛，就说大嘴叉子一张挺能白活。小野酱在南京生活多年，发现南京话的骂人功夫也是极其犀利。与帝都的骂人话来比，就要直接很多，脏字直接开头结尾，绝不含糊，外地人一听就极其恶劣，“屌”字开头，“逼”字结尾，那都是标配。

可是呀，南京人对你越亲近跟你说话的脏话就飙得越多，那是没有当你是外人。老北京话也有着同样的内核。比如，他们经常挂在嘴上说的，你丫的！这孙子！其实是想表达一部分对你有怜爱，一部分又拿你没有办法。小婊贝其实就是小宝贝的，我只能说网络用语的下限，就是没有下限，这里的小婊贝就是孙子所经历的女人们。

孙子以及小婊贝的爱情故事，其实是想说一帮年轻人复杂的爱情故事。听完这些狗血的故事，我会在心里默默地说一句，嘿，这帮孙子！表面的涵养会笑着说：你们开心就好了！文中提及的孙子，可能不是具体的某个人，而是我最近听的故事的汇总，把他们掰开揉碎了想说给你们听。姑且，这个故事的主人公就叫孙子，他不是一个人，是一群人的缩影。

在泰国的时候，孙子发我信息，说快失恋了。因为，他妹纸从他们住的地方搬走了，说要安静一段时间。然后，大年初一孙子的女朋友说，咱们分手吧。于是，孙子终于注定要孤独一生地迎来自己人生的第三十二个情人节。

我说：难受吗？

孙子说：还好，我好像好几年没有过过情人节了。

我说：情人节哪里那么重要，一年到头都特么的情人节。

孙子说：我决定在情人节那天朋友圈绝对不说一句话。

我说：假装坚强。

孙子说：其实，这是现世报。我以前大概上过五十几个妹子。这个妹子，也是我用惯用伎俩搞定的。全垒打对本少来说，那真是分分钟的事情。那是一个金色的十一，她出国旅行回来就病了，她躺在病床上，挂着吊瓶，医院窗外有一棵很高的梧桐树，每天下午三点，阳光洒进来，阳光透过树叶，再透过窗子，我感觉好美，红彤彤的树叶，金色的阳光，蓝色的病房，还有安静地躺在病床上的她，那个时候的我感觉幸福好简单，如果每天都可以照顾她那该多好。后来，她的病好了，我们住在了一起。但生活并不对等让我们彼此很是疲惫。我每天有很多事情要忙，而她好像每天的生活只有吃吃喝喝玩玩乐乐。后来，她说她要搬出去住。我说，你在外面有人了吧。她没说什么，搬出去后没有多久，就分手了。

我说：故事前半段感人，后半段狗血，故事的悲剧在于你们的不对等。是不是已经惯性失恋一千八百多次了，每次还这么伤感。

孙子不管我的讽刺，继续说：我开始变得会照顾人，会体贴人，我会更懂女人了，我发现什么都不重要，能在一起，珍惜在一起的时间更重要。我变成了一个既可以守住一个爱人，也可以四处打猎的猎人，一个女人，让我变得太多。

我说：恋爱的经历特别重要，过程很重要，总有很多女孩教你的事情，我们称之为恋爱的痕迹。其实我的内心是想说，还四处打猎的猎人，真是凑表脸。哈哈哈哈。

孙子说：我不敢不理你，不敢不哄你，你很厉害。我不跑遍上天的任务就交给你了，全世界就你敢骂我，我前女友知道我出轨都没有那么骂过我。

我哪里来的那么多中二的毛病，代表全世界正义的力量教育你们这帮孙子呀！

情人节前夕，孙子抱着一线希望，联系了前女友说，回来等你过情人节好不好。前女友发了一通很长的微信，大意为：我们不要联系，我们在错误的时间，错误的地点遇到了错误的人，这就切断好了，本就不该相识。

多么琼瑶的戏码，我爱你的时候，万物皆是美好，就像王小波说的，我一想到你，我这张丑脸就泛起微笑。但是，不爱你的时候，你决绝的就像扔一袋垃圾。

孙子的那个处了两年半的女朋友分分合合，我是没有见过，瞧这一哭二闹三上吊的闹法，想来内心定是个依赖的小女人。无奈孙子这一路的小蜜蜂路线，每朵都要停留采蜜的作风，也是让姑娘爱得多真切也是一直咬着后槽牙，走过这两年半的时光。我头回见用邮件吵架的风格，春风十里不及你们这么惹人醉。

孙子不是一个人，孙子是一群人的集合。他们是一群为爱可以付出所有的人，他们对于爱情的解读和追寻的方式，可能会被很多人诟病，可能会被叫作人渣。但是，这是他们找自己的方式，他们走得太快了，妹子们跟不上他们的脚步。他们想看更多的风景，他们都会有一些共性，他们内心都有一丝的文艺，他们在内心都觉得自己还是个孩子，他们会有一些乖张，他们都爱喝点儿小酒，他们都有自己喜好的某种艺术的表达方式，或者民谣或者摇滚。他们一直追寻着自己的内心，遵从它们，他们的身体和灵魂都一直在路上。

为什么要写这样的，只是给你们看，世界上还有这样一种爱情的可能。会有一种人，来到这个世界上会用很多的精力在爱情这件事情上，会花很多的时间去尝试，这是他们的人间采蜜记。我们也不要去断定这样的人的做法是怎么样，男女之事，无外乎情愿二字，也可能他们就是摆渡人，他们喜欢做这样的过客，他们却不是归人。

孙子那天做了首诗，写给了自己，送给了前任，说也顺便送给我，我觉得很美。孙子配了张日落的树的剪影，诗和照片，都是心情的映照。“你是天晴是夜雨是黎明是夕阳，唯独不是怀抱。你是风是雾是鸟是酒馆，唯独不是归宿。”

我觉得孙子是顽主，但是他们内心都有柔软的地方，他们是孩子，但是会给世界一个倔强的脸。孙子失恋了，孙子回忆了。孙子说：从前想你的时候，总是兴奋至极地写上一大段，却迟迟无法按下发送。后来想你的时候，总想抓出脑海中的只言片语，却拙于表达，再写不出一个完整的句子。而现在想你的时候，我不再想要为你做些什么，只是想想你，放首自己喜欢的歌，然后睡去。

孙子其实根本不想求我一点儿安慰，他只是想抒发自己的郁闷吧。

以前我一定会做一个貌似合格的朋友去大劝特劝一番，但是现在，我觉得我只要静静地听你说完，至于释怀，还需要你自己慢慢来。

你想成为什么样的人呢？就这样一直追逐爱情吗？年长的MBA的同学告诉我，人总会迷茫，但是行走的路上千万别忘记问自己，你想要什么？你未来想成为什么样的人？这是一辈子要追寻的事情，我们不急着这一两天得到答案。

嘿，孙子！出来混，迟早要还的！那些你曾经辜负的小婊贝们，会不会憋了一个大的定时炸弹，等着哪天把这笔债给还了呢？！

那些年，

爱对了是爱情，爱错了是青春！

那条美人鱼在演绎《色·戒》

如果世界上连一滴干净的水，一口新鲜的空气都没有，挣再多的钱，都是死路一条。因为这句话，所以大家都说，这是部环保题材的片子。可是我分明看出了《色·戒》的痕迹，那条美人鱼分明是在演绎《色·戒》。

一样都是单纯的女生，在上演一出复仇记，男主都是好色的设定，女主同样没有任何的恋爱经历，身边都会有恋爱教导者去告诉你怎么上演美人计。单纯的女主，永远带着一颗复仇的心去，却发现戏是假戏，但情是真情。

每一种不该在一起的爱情，都在演绎一部《色·戒》。戏里总是告诉你，这样的爱情不可以，那样的爱情不被祝福，每一种打破常规的爱情总得连着现实的血肉，《色·戒》的悲剧就是将现实的美好撕碎给你看。星爷的电影总有自己的逻辑，就是屌丝总得走上人生巅峰，迎娶傻白甜，过上没羞没臊的日子。

记忆最深刻的台词是最后一段，刘轩要把珊珊放回海里，剧中的白富美各种阻挠，刘轩身上中了好几箭。

珊珊说：你放下我吧。

刘轩忍着剧烈疼痛说：不放。

只有放不下的才要大喊放下，放得下的便也无须这样的挣扎。就像易先生带王佳芝去买鸽子蛋，那一眼，透过鸽子蛋，更显温柔与爱恋的光芒，照亮了这个为革命事业献身的女同学。那一刻她知道，她爱他，色易守，情难戒。

每一个配角都是锦上添花，大写的赞。我喜欢周星驰电影里面的每一个配角，他们有着奇怪的、矛盾的视觉冲击，不迎合大众的审美，就这么故意的对撞着、存在着，让剧情多了一丝生动。

我喜欢那个美人鱼老妪，满脸的褶子，却有着最华丽的尾巴。我喜欢博物馆馆长演的美人鱼，恶俗且认真的感觉。我喜欢那个大胸的妹子，长着连心眉，还结巴。我觉得星爷在塑造一种不完美感，这种不完美恰恰是真实，只是在做戏剧处理的时候，我们必须要夸张，要错位才会有这样的喜剧效果。

你们看见爱情了吗？爱情在眼睛里，明明每一次都是信誓旦旦的复仇，最后都敌不过那眼里的一汪清澈，一丝柔情。被送戒指的女主角们，每次都被一枚戒指试出真心，不是因为戒指名贵，而是送戒指的人一眼深情。

爱情里没有《圣经》

上帝使他们同负一轭，人就不可分开。

独立尊重

爱情这种关系，我们是否需要一直的迁就，以致两人要一样的爱好并一同去做所有的事情。他不是个铁丝，不是你想拧成啥样就啥样的。成熟的两性关系，我们要看到独立二字。世界上本无两片相同的树叶，我们是否要把对方改造成另一个我。我想那也不是不可以。但是，是否会少了一种知识和见识交叉的认知。

常见的情形，你喜欢文艺爱情片，男朋友喜欢好莱坞大片。于是为了迁就你，就看了文艺爱情片，然后男朋友就在旁边睡着了。于是，你觉得丢人，大怒。如果，真的不爱看文艺片到这个程度，我们也不用添堵，找个闺蜜一起看算了。

做过一个比喻，我要吃梨，你却要给我苹果。然后，你说：你吃，我这里有一筐苹果。我们常常觉得我们给了对方所有，为什么对方并没有感到幸福？其实，没有尊重二字，给予再多，对于双方来说，并不能有满足感。我懂你，我尊重你的爱好，我们给予彼此空间。

良性共生

独立尊重，不是说精神世界的纯独立。《圣经》曰：上帝使他们同负一轭，人就不可分开。我们需要培养一些我们自己的共同爱好。可以是一起打扫卫生，也可以是一起做饭。但最好是独立于家庭琐碎的并能共同做的事情。比如：都爱好做手工、都爱好看书或是都爱去小街夹巷寻找生活的小乐趣。这样可以培养出更多的默契，在这样的过程中，我们也可以发现彼此闪光的优点。

没有《圣经》

《春娇与志明》诠释：我爱你，我变成了你的样子！

《一封陌生女人的来信》诠释：我爱你，但与你无关！

《有一个地方只有我们知道》诠释：我爱你，为你坚守一生！

爱情从来不是一种模样！

中国传统的两性关系不是《圣经》，所以不必照搬别人家的。所有的别人家的故事，问题在于并没有可复制性。你有你的故事，你的相处之道，来自双方的互相探索，80 后 90 后很多是独生子女，缺乏集体意识，因此，需要更多的磨合。

围观事项

作为身边的路人甲乙，没有资格指指点点，可以给建议，不要帮人做决定。爱的两人那个剪不断、理还乱的情愫，只有男女主角自己知道。

愿各位择一城终老，遇一人白首。

有生之年，狭路相逢，终不能幸免。

谁吃了你的少女时代

昨天去看了台湾电影《我的少女时代》，平凡的如一朵开在悬崖上小花的少女，她的青春期。电影里没有堕胎、没有打啵、没有出国，就这么纯纯的电影，依然是感动到我用掉了半包面纸。

整部电影好像是青春期的恋爱手册，告诉那些情窦初开的少男少女一些恋爱的小撇步，以及不能触碰的地雷。像是被唤醒了一些记忆，怎么爱人、怎么被爱。不涉及世俗，只关乎内心。

女生说我再也不理你的时候，

就表示真的很在乎你！

我们说没事，就是有事！

没关系，就是有关系！

很久很久以后我们才知道，

当一个女孩说她再也不要理你，

不是真的讨厌你，

而是她很在乎你，非常非常在乎你。

不管是《致青春》《匆匆那年》还是《同桌的你》，我们偶像剧的切入点，永远是直白的懵懂，然后陷入死亡、怀孕、堕胎、出国，这种伤痛的结局。多年之后的同学聚会烂梗，就是为了攀比、为了虚荣，装大款、装有权、装混得好，我们的结局就是大家都长大了，变成了我们曾经讨厌的那种人，在世俗的道路上越走越远。

《我的少女时代》则是阐述我们在追求初心的道路上，虽荆棘、虽迷惘，但是最后我们成功了。在片子里面看出了《恋空》的影子，纯净的如雨后洗刷过的天空一般湛蓝明净、直击内心。片子的切入点很小，由一封幸运信说开去。一个普通得不能再普通的少女，稀疏平常的生活，虽然太玛丽苏了一点。但是，我们愿意相信这个世界上善良的人、勇敢的人，都过得不会差。

大概每个女生都渴望遇到一个人对你说：虽然你又矮又笨又×× 又 ×××，可是我还是很喜欢你！爱是什么？爱是看到你的一切缺点，却又能包容地和你一起走下去！

我的少女时代里面有周杰伦，你们有谁？

我说：情人节，你说：哟！

昨儿跟小表妹聊天，小表妹还在上大学，每天最有乐趣的事情，是为演艺圈的爱恨情仇操碎了心，从上小学喜欢周渝民到现在的易烊千玺，对娱乐圈的各种八卦都了如指掌。无意中听到了薛之谦的一首歌，我说我觉得薛之谦最近的创作貌似更有 sense 了。妹妹幽幽地飘来一句：离婚了。

离了婚的薛之谦更有创作灵感，所以艺术家们总要折腾点儿什么，才会灵感井喷！艺术创作要么就是自己生活经历丰富，要么就是看别人各种热闹不嫌事儿大。但是，艺术家们不甘安分的心，一般会选择折腾自己不麻烦别人，为艺术献身！

二手情感专家小野酱同学，从小到大，抚慰各种受情伤的男女。大概是长了一张不明觉厉的知心姐姐脸，大家失恋都会找我聊天，保留项目就是陪失恋男女主喝个烂醉，这种戏码大学几乎每隔一段时间就有一次。总结来说，人生远比偶像剧狗血多了。

大学时候，看到别人失恋，特别卖力，义正词严地告诉姑娘，你会找到更好的，那个就是个混蛋云云。可是啊，爱情里面有对错吗？后来，长大了，就不劝别人了。因为，我发现爱过才会在分手的时候刻骨铭心的痛，不爱的话散是分分钟的事情。回想起来自己还真是中二，就这样劝过好些个失恋男女。然而，自己只是个旁观者，并不能懂他们在一起经历的一切一切，都在记忆里面打下深深的烙印。

那个叫爱情的东西，没有人能描述出她长得是什么模样，人类却亘古不变的追求，如果亚当和夏娃不吃禁果，好像人类的历史也没法往下写啊，推动人类发展的到底是啥，我们姑且相信那是爱情吧。我们可以猜想，洗衣机是因为老公心疼老婆洗衣服辛苦，汽车纯粹是因为我们需要花前月下的兜风……诸如此类的随便掰扯。

汤显祖《牡丹亭》曰：情不知所起，一往而深。每每群里在谈论爱情问题的时候，就显得特别热闹。勇敢的姑娘说：喜欢就扑倒，喜欢不易。可是呢，在这样一个有更多选择，信息也更加便捷的时代，喜欢如同蜉蝣一样，短暂而轻佻。每一个社交软件的背后，都裹挟着一个约 × 的属性。

自从有了微信、陌陌，连夜店的生意都变得惨淡了，不需要去酒吧开酒哄姑娘了，也不需要去夜店捡尸了，一键可以搞定的东西，何需那么麻烦。借用南大朱虹老师的话，我们让自己的行为离经济学太近，离哲学太远。

南大刘嘉老师说：很多年后再看返老还童，感动不已的原因是，你们可以相信 nothing lasts（没有天长地久），但是电影中也终可以看到 something last，总有那么一些可以天长地久，总会有人对那种天长地久执着不已。

活着的时候我们一直在追寻爱情的模样。笛卡尔和瑞典公主的心形曲线，也并非所有人都能解答得出来。一如爱情，有些人可能一辈子都不懂。父辈们的爱情，没有怎么见过，媒妁之言，便也牵手一生。我们这辈人，就是太明白自己喜欢什么不喜欢什么，不愿意将就。

我们乖张，我们愤怒，我们大笑，我们大哭，我们肆无忌惮，我们严谨克制，只不过是有生之年，狭路相逢，终不能幸免！午后四点的曼谷阳光下承载的是我们所谓的岁月！来呀，快活呀，反正有大把时光，愿心中有爱，身旁有爱人！愿你们洞见爱情，并且是你想象的模样！

除了撩妹，你还能看到点别的

我是很少看电视剧，大概是因为机智的我，看到了开头已然能剧透到结尾，每一个伏笔都能看出端倪。看过的韩剧更是屈指可数，每一次看韩剧都是因为周围跟我一样不看韩剧的女童鞋，先试水围观，强烈推荐，我还得在情感上挣扎一下，拨冗去看！请注意拨冗两个字。

补课《太阳的后裔》是因为同样不看韩剧的隔壁桌金老师，下了血本买了爱奇艺的会员去看，然后安利我说，韩剧终于走出了一个康庄大道，没有癌症、车祸、治不好这种烂梗了。至于宋仲基欧巴帅气几何，多让人流口水，并无赘述！金老师主动贡献出她的爱奇艺会员账号，以表达一起入坑的成全。

看到第四集我已经没有耐心看下去了，看着看着睡着了，宋仲基也并未能拯救我的睡点。朋友圈的公众号一水的追热点文章，《宋仲基和胡歌掉水里，你先救谁？》《我和宋仲基的结婚照》《宋仲基的脸+肌肉=超大号的“撩”》开启一个全民YY模式，你仿佛看到每一个女生，都穿着甚少，小露香肩，眼神迷离，伴着A4腰，iPhone 6的腿，网红的脸，标配地等着我宋仲基欧巴，然后做一些没羞没臊的事情。

除了小鲜肉白净的颜值，若隐若现的人鱼线，你说是不是，总有一票女粉丝，倾慕到流口水。重要的是，我认为这个编剧了得，且我断定肯定是个女的，才能编出那么多大家都想听的甜而不腻的情话。

幸亏男主是帅的，不然这些话，一个矮挫穷跟你说，你肯定就认为是骚扰了！也幸亏女主美，不然这个情境就不成立啊！画面美的简直不忍直视啊！总结就是，一切看脸，因为脸美，一切就变得美好了！虽然，本宝宝是信奉真爱面前，自带滤镜和美图秀秀。

而且马上要熄灯了，脑袋里面污的人，早已脑补一切画面了，好吗！不就是看个电影而已，此话一说，总觉得下面还要发生些什么。然而，我不得不感慨，编剧就是厉害，知道你们渴望美好，便戛然而止了。这些你们早就看在眼里的非常显而易见的，浅显易懂的东西，自然不是本宝宝今天所要说的东西，我想说，从第六集开始，《太阳的后裔》终于不仅仅停留在三角关系的肤浅的脑残剧了，深刻的，我一边看一边哭，因为在灾难面前所体现出来的人性太美。

一如当年的《泰坦尼克号》，我记忆深刻的是船沉那一刻，每一个不同样的个体所表现出来的形为，不论是从容淡定和心爱的人一起沉入这冰冷的海底，还是装成妇女去坐小船。那句感动你们的：You jump，I jump，是多么无奈的誓言。如当年的《拯救大兵瑞恩》在战争中那朵生生不息的小花，战争残酷，但是终有感动。人之所以为人，是因为我们社会性的存在。回忆起2008年汶川地震，我还在读大学，遇见一个南京当地很有名的心理学老师，说要去汶川。经历过地震的人，都需要进行心理治疗，因为经历了那么多的生死，容易走不出来。逝去的人，一了百了；活着的人，生命还得继续，生活还要继续。

剧中那个叫李致勋的富二代，从来没有见证过生与死的场面。在这场地震中完成了自我救赎，面对灾难时身为医生的使命感，军人救人的不顾一切，反面角色为了利益的蝇营狗苟，戏剧冲突的恰到好处，虽然演员的表现力不是那么足，但是承载的东西，小野老师足以体会，这才是这部戏的正能量之所在，三观正的可以惊动D中央了！

他要救治这个人，觉得可以救好，其实这个人早已没有了脉象，剧中的姜暮烟医生把标识病人伤亡程度的黄色手环，换成死亡者的黑色手环，李致勋无法直视自己的无能，面对伤者却束手无策，一边哭着，一边使劲的心脏急救。姜暮烟冷静地说，死者死于乌鲁克当地时间下午，李致勋再也无法忍住，面向天空呐喊，自责和懊悔。生命于我们是多么的轻佻，一切还未来得及说再见，就再也不见。

高班长和另外一个工人被同时压在地底下，一个被钢板穿过身体，一个被水泥压住下半身，只能救助一个。姜暮烟医生两边分别沟通，高班长豁达地回忆着自己的一生，说：自己跟老婆孩子一直都是照片相处的时间比较多，以后真的就只能通过照片寄托相思了。被大石块压在地底下，只能看见一小块的天空，知道自己坚持不了多久了，高班长说，不用工作就这样望着天空也很不错。用这样轻松的语言去开导大家，让救援队去救助另外一边的年轻人。

年轻工人还没有好好感受人生，生存的欲望强烈，医生说，你别动。工人说，请你救救我，我真的没有在动。生命于此处，卑微与强烈，只是想好好活着，何等的奢侈。看完第六集，整个人都很压抑，全程泪点。还没有看完此剧，感慨于此剧简直就是颜值与撩妹技巧齐飞，人性大爱与小爱并存。抛开单纯的撩妹，以及你们颜值爆棚的欧巴宋仲基，大概还有游走在生与死边缘、善与恶旁边的所见人性。所谓太阳的后裔，大概是说，剧中人物不论是笑容或者所做的事情，都让人感到温暖吧。

生命如此轻佻，你们都给我好好活着！

你那不着调的爱情

被人拖着讲爱情的故事，还是大学时候的事情。陪着失恋的人，在学校的大操场，喝着啤酒，听着她们述说着曾经逝去的爱情故事。总会有人忍不住放声的大哭，鼻涕眼泪，糊成一团。吐着吐着，操场的灯熄灭了，扛着那个最伤心的人去宿舍，睡一觉这一篇就翻过了！那么痛，总会过去的！

可能工作之后，难得有人会拖着我谈爱情，对于社会的饮食男女来说，这个可能是个相对奢侈的事情。可能每个人都很想有如漫画般圆满的爱情故事，相爱的人最后没羞没臊地生活在一起。可是，现实总会冲淡爱情，现实总会把你拉回来面对琐碎，现实总会告诉你别特么提爱情，太贵！可是，爱情是人类永恒的主题，不谈爱情，男女之间，谈什么？

有人说，我情路怎么那么坎坷，你能告诉我为什么？

二手情感专家小野酱，搅动脑袋里的大数据，开启了云计算，掐指一算，随便说点子丑寅卯，如果你也在爱情的沼泽里面挣扎，希望对你有一丝丝作用。

原生家庭，对于下一辈爱情影响是很深的。也就是你父母的婚姻相处模式，对你无形中产生了很大的影响。爱情的肉与灵里面，灵很重要，所谓的灵就是价值观、世界观是否一致，大脑里的东西是最难改变的东西，其余都好说。

原生家庭里面父母的关系，孩子在长大后会映射到自己的家庭中，具有一定的继承性。比如，孩子跟妈妈在一起相处时间很多，在父爱方面是缺失的，女孩子就会在找另一半时，希望另一半成熟稳重，即是恋父情节。如果，父母貌合神离地生活了很久，孩子会对婚姻产生一些不安全感，很容易不信任伴侣。凤凰男很多时候，娶了城市的女孩子会不适应，就是因为大部分凤凰男的家里都是传统的大男子主义。很多时候，下一辈的婚姻关系，是对上一辈婚姻关系的演绎与重现。如果，你的爱情道路一直坎坷，追溯下你父母的相处模式。

爱情的四个阶段，共存，反依赖，独立，共生。任何一段爱情，都得经历这四个阶段，否则就没有办法修炼成所谓爱情。现代人，大部分的爱情，死于反依赖阶段。因为，现代爱情太速食了，荷尔蒙来得快，去得也快。爱情来得太快，就像龙卷风。

经历了腻腻歪歪的共存阶段，想着天天黏在一起，待到有一方厌倦了这样的模式，这段爱情就开始不平等了，总有一方在这段时间坚持不下去，提出分手。说好的一起到白头，你却偷偷松了手。真的爱情，是我们到了反依赖阶段，相处模式出现一方被冷落时，大家虽然一直争吵，却一直想着怎么去维系这段关系，想着怎么磨合，怎么更好的走下去。

反思自己在爱情中所处的角色。好的爱情，是能在这段关系中获得成长。你是强势的引导者，还是一直处于被引导者。爱情像两辆并驾齐驱的马车，如果一方落后另一方太远，前进的一方觉得跟落后的那方无法交流，而落后的一方，会觉得追逐太累，所以就越来越远。

这就是为什么家庭主妇常常会被老公抛弃的原因，人之所以为人，我想说，是有一定的社会性，除却动物性，社会性才是更重要的东西。我的好基友金虎子老师说：感情的事如果用感性解决不了就用理性解决。引导者和被引导者的关系，不应该是一成不变的，这两个角色在爱情里是一个相互交替的过程。

永远不要陷在一种爱情沼泽中。有的人经历了数不清的感情，却不能获得他想要的爱情。他们会反思，为什么呢？我是受了什么诅咒吗？因为，永远喜欢一种类型的人。比如，有一类人，谈恋爱就喜欢挖别人的墙角，虽说这个世界上没有挖不走的墙角，只有不争气的锄头，没有不出墙的红杏，只有不努力的小三。可是，你想过会一直喜欢这样的人，是因为真的爱上爱情，还是因为爱上这种拧巴的体验，似乎只有这样痛彻心扉欲罢不能的感觉才能称之为爱情，还是说你更爱这种自我救赎的貌似个人英雄主义的行为。爱情不是攻城略地，爱情的前提是舒适以及流畅的相处。

爱的事情，是不关乎别人的事情，是自己追寻后的自问自答，因为没有人替你去爱。数年之后，我会记得，我们在渡口书店的阁楼阳台上，喝着啤酒，聊着爱情，握着的啤酒瓶里的浆液被焐热了，喝一口下去，是明显的酸涩感，一如曾经经历的不圆满的爱情。

聊个五块钱儿的爱情呗！

喜欢是一种能力，被喜欢是一种天赋

比起写论文，我好像更喜欢写公众号。因为，它是我的，没有规则，没有条条框框。理了好久的论文框架，被中国知网搞残的脑袋，神不知鬼不觉地打开了爱奇艺。脑子里蹦跶出一个人“董子健”，于是就搜索了《六弄咖啡馆》《少年巴比伦》。

这张少年的脸，不那么帅，却是一张永远长不大的弟弟模样，好像也很适合演青春片。我其实觉得我是没有青春的，我的青春好像只有做不完的题，以及数学老师的扑克脸，数学不太好的我，数学老师简直就是我的大魔王。每次看到这样的青春片，总是心生一种向往，而生活却不能再次来过，遗憾的留在记忆里，然后靠着文艺片去填补空白。

第一次看到董子健的专访，来自李蕾姐姐的《美的专业主义》纪录片《这个时代的审美》。第一期请了马未都，第五期请了董子健，我在想这小子应该是有两把刷子，否则不会请他去讲审美。去问度娘，原来妈妈是“中国第一代经纪人”王京花，而这小子演了一长溜的文艺片，包括贾厂长的《山河故人》以及国民岳父的《乘风破浪》。但是，整个采访，我看不出年少得志的“混不吝”的感觉，我觉得是舒适的，因此增添一份好感。

不管是《六弄咖啡馆》还是《少年巴比伦》都是在说青春期的故事，

只是背景有本质的区别，但结局却又惊人的相似，所有青春期的爱情，总是带着荷尔蒙的味道，随着时间的流逝，女生比男生成熟得要早，更早的知道自己要什么。所以，我向来认为，爱情这个东西，更多的时候不是你帅我美，就可以没羞没臊的一直幸福下去。而是你美我帅，我们有着类似的三观，有向着未来进击的勇气，然后并肩走天涯。

喜欢是一种能力，被喜欢是一种天赋

所谓爱情，不是轰轰烈烈，红尘做伴。这种多半就是来得猛烈，走得畅快。就像《七月与安生》里面的安生，洒脱如她，跟歌手恋爱，浪迹天涯。分手的时候，还得把对方骂得跟孙子似的，其实，心里依旧惦念着家明。

爱情不是演戏，不活在朋友圈，不活在秀和炫里面。它一定来自细节，就像小绿喜欢心蕊的侧脸一样，握着对方的手，看着烟花，然后把心里想说的话在心里默默地说了一遍，虽无声，虽然孤独的只有自己知道，但是很真实，很满足。

喜欢是一种能力，对啊，就是当你暗恋一个人的时候，这种能力尤为强大。你发现你就像侦探一样，能摸清这个人的所有喜好，回家的路，爱吃什么，惧怕什么。默默地做着这一切，卑微不求回报，对方的一个笑容都会让你融化温暖，浸泡在春日的阳光里。

哪有什么错过，离开的都是路人

《少年巴比伦》，听这名字，我都不敢相信这是大陆的片子。因为我国的青春片名字永远都那么直白，似乎看到名字就能猜到结局那种。比如《谁的青春不迷茫》《致我们终将逝去的青春》。因为这个名字，我高看一眼这部戏，我也挺肤浅的。巴比伦，著名的空中花园，杰伦的歌里面也说过这个地方，在美索不达米亚平原，是由底格里斯河和幼发拉底河冲击出来的平原，有楔形文字，汉谟拉比法典，曾经最辉煌繁盛，终成荒漠。

二十世纪九十年代，路小路是个不好好学习的愣头青，凭着父母的关系，进了国有企业工厂，岁月流淌，不咸不淡，不知道自己要什么，混着日子。混不吝的生活里，总会因为一个清新脱俗的姑娘，而重新燃起一丝对生活的兴趣。这个妹子叫白蓝，是厂医。

所有清新脱俗的妹子，都心高气傲。所有的爱情，都会是一本《生命进击指南》。路小路的荷尔蒙充斥着年轻的肉体，打架，抽烟，不好好上班，调戏妹子。白蓝好像是上天派来拯救他的天使，白蓝让路小路考夜大，而自己也去考上海的研究生。是白蓝贯穿了路小路“香甜而腐烂的青春”，时间很公平，回忆尘封在记忆深处，我们会忘记了它的存在，某一天拿出来，发现它皱皱巴巴，抖一抖，上面的灰尘会迷到眼睛，那是泪水吗？或者是对青春的祭奠吧！

受伤的时候，一碗面就能治愈一切

以前不能理解，为什么在港剧里面男女主角在外面受伤了，就有人煮猪脚面线给他们吃。一碗面有这么治愈？后来发现有一部片子叫《深夜食堂》，食物真的可以疗愈心灵。爱是什么呢？在一起吃好多好多饭，吃好多好多火锅，却不用刻意的在意形象。

受伤的时候，给自己煮一碗面，放上一个荷包蛋，涮两片青菜，切几片番茄，温暖的吃下去。因为，色泽明亮；也因为，汤汁暖心，你会在那一刻被点亮，就像上帝为你打开了一扇小小的窗。《六弄咖啡馆》里，小绿犯了错，妈妈并没有责怪他，而且给他下了一碗面，这是最好的治愈与安慰。

拉不近的远距离，解不开的未知数

我们终究要跟青春说再见吧！也许，我们会怀念那个初恋，会让剧情的另一种可能性在心中悄悄地演绎与幻想。或许相爱的人之间，会有物理距离，可是爱情没有学过地理，最终被打败的是心理距离，因为不懂你，所以你就会是永远解不开的未知数。

爱的发声练习

S 小姐，很性感，是我的一位女朋友。我虽然貌似朋友很多，但是走进内心的几乎没有。可能生来的孤独感，懒得跟别人诉说衷肠，而人类忠实友情的建立，无外乎一起光着屁股耍到大看到真实的彼此，或者成年后交流着只能为一人道的小秘密，而我太不喜欢跟别人袒露自己了。

S 小姐对我很放心，所以 S 小姐当我是一个树洞，她知道我不会说，我知道我懒得说，所以我是一个安全的树洞。S 小姐平时跟我聊的最多的只有感情，因为在 S 小姐看来她的感情世界是失败的。好像每一个她爱的最后都不能在一起，每一个爱她的，她到后面都嫌弃得不行。她问我她是不是瞎，我说，世人遇爱情皆如此，因为大家都歌颂爱情，却无人真的见过。世人才瞎吧，没有见过却说得跟真的似的。

我的爱情很一般，没谈过几段爱情。却是天然的爱情悲观主义者，觉得男朋友老公这种东西，显然没有工作靠谱。工作在精神上是我的 soulmate。soulmate ！呵呵，S 小姐一阵冷笑，两件事情，soulmate 不能解决需求，而大部分把工作当夫君的妹子大多没有安全感。我倒是表面不以为意地笑笑，却小心肝儿一颤。我显然知道这是对的，就像蜗牛丢了重重的壳一样，赤溜溜地暴露在你面前，不过是一条普通的肉虫而已。

我的体内大概聚集了N条狗血的爱情故事，美好的类别大概放不了一两个，所以你们总在悲伤的时候想起我，是因为我看起来特别治愈吗？S小姐说，因为你长了张显得特别靠谱的眼睛，里面有真诚、直率和一点点的小骄傲。我笑而不语，就当是一种夸赞吧。

我和S小姐最大的不同，是在择偶观上。我大概对外貌的要求就是没什么要求，但有两点硬杠杠一定要达到：1. 有才，2. 身高不低于一米八。而S小姐觉得好用就好了，就是你们想的那方面的好用。爱情这东西按图索骥，总是找出一个白马非马的尴尬。而S小姐的标准就一定得大家坦诚相待后，方能见真章。所以，S小姐的情感经历就要丰富很多了，因为S小姐至今未找到所谓的合拍好用的男生，我猜S小姐一定在那方面有一些神奇的癖好。

S小姐的每段感情，都显示出一种山无棱，天地合，乃敢与君绝的气质。她每一段都认真，每一段都是窝边草。这大概是一种境界，就是靠山吃山靠水吃水，试试又不要钱。水瓶座貌似也是个天生的神经病，不着边际的作为。S小姐更厉害，她可以肆无忌惮地跟我说各种炮友的事情，她的那种肆无忌惮是会让我听着要捂耳朵的那种感受。

老娘都半年不开张了，你知道这多夸张，S小姐一阵抱怨。

S小姐的现任男友是一个学术男，半年开一次张这种事情，是常有的事儿。

怪力污妖王阿姨，赶快出去撩汉子呀，我笑着调侃。

S小姐狐媚地笑着带着一丝狡黠。

没过多久，S小姐拉着我聊天，真的去撩了个汉子，是个很帅的男生。比现在木讷的学术男多一丝人间的气息，充满风情以及荷尔蒙的感觉。

我很好奇的是，S 小姐真的没有太多的愧疚，即使是一个劈腿进行式。有一种释放了天性的释然，好像一个吸血鬼刚吸完人类血的畅快。我向来不喜欢站在道德的制高点去指责，谁谁谁应该如何如何。可是，我也会好奇这样一种心态。在外国网站上面婚姻状况这栏会出现三个选项：未婚、已婚、一言难尽。我想 S 小姐现在的状态算是一言难尽？Maybe 这个东西只有她自己感受，每个人的定义都不会一样。

水有几种形态，固态，液态，气态。我理科相当一般，用我毕生物理所学，这些基本道理还是懂的。爱恋婚姻有几种形态，除去常态的你侬我侬，月色正朦胧。可能还有隐婚、离婚、外遇。我们的人生会在工作上迷茫、生活上迷茫，爱情上可能也会迷茫，迷茫地看着身边这个在一起好几年的人，是否是自己的真实所爱，当初的当初，如果我们在人生的转弯路口，选择了另外一个人，会不会是跟现在不一样？

所谓的爱情保卫战是个伪命题吧！爱情这么意识流的东西，主观直觉感知的东西，用了保卫二字，大体上跟爱情没有什么关系了。吴亦凡约炮的事件，我们先假设都是真的。我们会在情感上如何看待一个明星呢？温莎公爵和辛普森夫人的爱情，后世都为之称颂。可是，那个当下温莎公爵可是挖墙脚挖来的，从传统道义上，这算是爱情吗？

选择项这么多的当下，大家都不是非彼此不可的选项。

爱情谈多了都是套路，都不及段子给彼此带来欢乐，总有一人啜泣。

秀恩爱不打马赛克

昨天，关系比较不错的教授托我办事，临了说了一句：七夕节快乐啊！脑子里下意识的跳出，今天朋友圈大致会出现一片祥和的各种层次秀恩爱，然后一边是单身汪的大声疾呼：没有秀恩爱就没有伤害！秀恩爱的分分钟手刃三百单身汪啊！

我不知道从什么时候起，就不爱扎堆过节日了。这显得在我这个年龄段特别无趣。我讨厌一切吃饭的排队，如果朋友同事聚会尽量选择非节假日，聚餐尽量选择小众一点的，人比较少的地方。

昨天，老大请吃据说是上海滩最好吃的龙虾后，一行人因为一点酒精的作用，就集体杀向陆家嘴。以前一直从外滩看对岸的陆家嘴，喧闹繁华，灯火辉煌，是不是有土豪包下大楼外墙的LED灯外墙，昭告着全世界：××× I LOVE U！然后，第二天就变成各种女生的谈资，你知道吗？昨天又有人在外滩那里表白了，表情里满是羡慕。今天，换个方向，我在看风景，看风景的人有在看我吗？

第一次从陆家嘴看外滩，是美的，配着G20所带来的美好的白云，像棉花糖一样挂在空中，霓虹灯包裹着的大楼，就像被五彩霜糖包裹着的翻糖蛋糕，倒映在黄浦江里面。水与滩缠绵悱恻，耳鬓厮磨的情话，秋意浓，爱意浓。我沉浸在这幅风景画里面，也享受着这份宁静，但是同伴轻拍肩膀说：怎么了，有心事？我真的是非常惬意这一份宁静，我没有心事的时候，我也很喜欢发呆，不想被打扰，那个时候的内心信马由缰。

我把手放在嘴边，比了个嘘的手势，我说：别说话，有人在哭。真的很大声，很放肆的在哭，而明天就是七夕了。她脱了高跟鞋，坐在墙角边，打着电话，哭诉着前任的种种不好。我突然很羡慕她，即使我在大学的时候，甚至更小的时候，我都没有过这么号啕大哭的勇气，我总是把自己弄得很坚强，什么事情挺一挺也就过去了。成长就是将哭声由户外模式改成静音模式。而现在，我觉得自己遇到事情，可能就更加哭不出来了。

一直相信爱情是有份额的，就像电池的电量一样。这种精力是会耗尽的，一个人初恋耗费了太多的电量，余下的如果愿意耗费在一个人身上，那可能就是相伴一生的人。每次看到有人要结婚了，在朋友圈 PO 个结婚证照片，然后标注说：余生请多关照。我就特别想笑，总觉得该改成：余生请别添堵。多少的爱情被生活的琐碎与细节打败，你总有那么几百次想掐死对方的念头。

年轻时候，我们飞蛾扑火，然而现在，我们只会扑粉扑。

有朋友要结婚了，每天即使没有那么多加班的时候，也一定要加一会儿班，我说你有家有口，为什么要在这里加班啊？他说：回去能干吗？还不是无聊陪老婆看电视！多么无趣的婚姻生活，这大概是中国大部分人家庭生活的写照，老婆，孩子，电视，游戏。

七夕是七仙女要和董永相会的日子，好像一度这个节日被遗忘，而商家为了促进客流，刺激消费，于是把这个节日重新定义炒作，一副你不过这个节日就不爱你的另一半的样子。红男绿女们趋之若鹜，商场打折，餐厅翻倍，仿佛多少软妹币就代表多少的爱。

公司里，节日持续到一周内，大家的谈资就是七夕送了什么，有什么故事，到底是买买买了，还是啪啪啪了。主角大部分是女生，而女人之间的友谊要么是好的要死，要么就是婊子去死，而爱呢，不过是 dollar 代表他的心。

今天晚上让我看到你们秀恩爱的双手，

Puts your hands up!

同时希望秀恩爱不打马赛克！

秀恩爱不打马赛克，希望爱纯粹。

希望女生不要因为攀比隔日责怪你的男朋友送的东西，

希望男生不要忘记去满足下女朋友小小的虚荣心。

希望你们的关于爱的行为离心更近，离钱的裹挟更远。

痒

夏洛特烦恼

我看电影还是比较挑的。好看的会看很多遍，研究下镜头语言、电影节奏之类有的没的。

这部电影，我的期待大约就是抱着爆米花坐个两小时，然后就没有然后了。但是，结果却比我预想的好。

这部戏我觉得有这浓浓的舞台剧的感觉，结构非常紧凑，每一个画面都充满了埋伏的笑点。笑着笑着会想哭的感觉。因为怀旧，能勾起很多的回忆，包括曾经最爱的那首朴树的《那些花儿》。

很多人觉得夏洛特折腾了那么久，还是会怀念冬梅的那碗茴香面。

加上那姐的《有个爱你的人不容易》更加渲染这部片子所要表达的不忘初心的爱情。

爱情的三角关系

我在这部电影中，看出了爱情的三角关系。

这种三角关系，可能贯穿我们一生。一如张爱玲的《红玫瑰与白玫瑰》。娶了红玫瑰，久而久之，红的变成了墙上的一摊蚊子血，白的还是“床前明月光”；娶了白玫瑰，白的便是衣服上沾的一粒饭粒，红的却是心口上的一颗朱砂痣。

不管男人女人，都一样。无论嫁了或者娶了哪一个，日子久了便也倦了。心若倦了，便会在午夜梦回的时候想着过往的某一个，幻想着如果当初跟她或者他在一起现在过的会不会是另一番光景。

爱情是什么关系？我们都以为爱情是稳定一对一的两情相悦的关系，像两条线一样。可是，学过小学数学的都知道，两条直线的关系并不会稳定，可能平行也可能交叉，交叉之后还会分离。

所以，爱情需要一种三角关系，这样看似纠葛实则才是最稳定的关系。这种三角关系有你、你爱的、爱你的或者还会有温暖的备胎。

你爱的人告诉你，奉献着无私着，他快乐于我就快乐。但是，有一天你也会乏倦。

爱你的人，一直为你付出，为你遮风挡雨，嘘寒问暖。久了你习惯了这种关怀，便也习以为常，司空见惯，没有感怀之心。

还有一些“友达以上，恋人未满”的“备胎”。有时候觉得这些人才是最幸福的，进可攻，退可守。但是，这取决于“备胎”们的心态。

人因为什么开心或失落，因为需求，需求得到满足就开心幸福，需求得不到满足便伤心难过。如果，备胎觉得这样挺好的，便也是极好的。如果，备胎说我一定要上位成功，极有可能就悲剧了。

我相信每个人的人生中，会一直有这样的三类人存在的。因为人就是这样，需要去爱别人获得被需要的满足感，也同时需要被爱而有呵护感。

爱情之痒

人生就是这样，你或者是别人的白玫瑰，或者是别人的红玫瑰。电影可以重来，而生活只能继续。

混不吝的爱情故事

又到了小野老师语文小课堂了，混不吝是北京方言，有股子啥都不在乎的味道。不管不顾，我行我素；不管不顾也就是不怕什么后果或者不考虑后果，有点头脑简单行为鲁莽的意思。这是一个小说……

混不吝又恋爱了，这次更夸张，跟我表达了一种感觉：相见恨晚，这个与前一百多个肯定不一样，遇到了一定是真爱，确切的用一个很大的词儿就是：宿命。恨不得见着我高歌一曲：You are my destiny！ 一副久旱逢甘霖，期盼已久的旷世绝恋即将开始的，被自己感动到的样子。

鉴于混不吝那一大堆，写出来一定是著作等身的爱情故事的套路，我真的没法好好的说出一句：祝福你，我亲爱的朋友。

混不吝轻易不找我，找我一般因为两种事：感情又开了新的天窗，感情又撒丫子跟别人跑了。一天深更半夜，混不吝呼叫我，说：我要找你咨询感情问题。我想这孙子三百年不找我，找我就要我大半夜这么走心，肝儿颤，遂未回信息，我这大半夜肝脏还要排毒呢，肝脏不好好休息，怎么能给你们好好掏心掏肺啊！

第二天中午餐点，混不吝又呼叫我，也不管我是否想搭理，单刀直入的说明来意：嘛呢，我喜欢上一个跟我同一天生日的姑娘。

我真的就是一种发自肺腑的嫌弃，心想你们每次的套路怎么都这么狗血，喜欢上的理由一大堆，不喜欢的理由更是罄竹难书。年初的时候，混不吝买了一只猫，取名：罗杰。请按照英文洋气的方法读这两个字儿。

当时混不吝刚跟上一任莫名分手，养一只猫打发寂寞，并且信誓旦旦跟我说：我想好了，我以后要一个人过，我要跟这只猫过一辈子。

我也不拐弯抹角，很直接地说：你这跟自己下半身（请注意下半身）过不去，至于吗？你一定会耐不住你们大北京的空虚寂寞冷的，特别是大冬天，干冷干冷的，对吧？我就说我是半仙来着，掐指一算，半年后的事儿都说准了，今儿这孙子就跟我说，看上一个姑娘，想过一辈子的那种。

我就说，呵呵呵，祝你幸福，要脸吗？才三个月就自己打脸了。

混不吝说，不要了！

我说，你们这些个男人，套路都特么一样一样的，“这个跟别的不一样”，这是我这几个月受理的爱情案件中出现频率最多的一句话。

混不吝根本不管我的讽刺，继续说：我和你受理的那些个人不一样。

我说：哪里不一样，多个什么，少个什么，每个人都说我跟他们不一样，我早就说你一天到晚的心智不成熟，还一天到晚叫唤的厉害，没事儿叫我徒弟徒弟的。

鉴于混不吝上一段恋情，我猜想肯定审美还是那样，网红脸呗。混不吝发来一张照片，我使劲儿打量了一眼，这个和前几个的网红脸都特别不一样。

混不吝骄傲地说：你看，这是我的标准。

我说：看上她不知道为啥。

他说：没几个说好看的。

我说：这不是好看不好看的问题，是气质，肤浅还是你肤浅。见过真人吗？眉毛文的吧！

我真的没有什么好话哎，我去角落画圈圈了。

他说：天天在一起。

我懒得应付了，我说祝福你。

他说，还是你心疼我，周围人都不看好。

我心想，老娘也不看好，还不是为了你稍微消停点儿。不能眼看着他和罗杰守活寡，而且罗杰还是个男的，这样也不合适，我主要怕你单身久了就变弯。

混不吝继续说：缘分这事儿哪能说得准啊，你看碰上了跟我同一天生的，眼睛大的短头发的皮肤白的，都符合我要求。

我说：世界上同一天生日的人多了去了，跟我一批进公司的有两对儿都是一天生日，照着这逻辑是不是也要在一起啊。都特么什么狗屁逻辑啊，你想干一件事儿的理由很多，你不想干一件事儿的理由更多。

然而，我打击了一大堆，但我内心还是祝福他的，毕竟他比我勇敢，能够飞蛾扑火的都是热泪盈眶的少年啊！

混不吝说：这个姑娘真的都特别好，有上进心，工作能力也不错，跟我前一个特别像。唯一一点不好就是现实了一点，其他都挺好的。真的特别无聊，你们男人老干这种按图索骥的事儿，每一个都要按照前一个或者第一个找吗？照本宣科的游戏就别玩了好吗？！

我说：你现在刚跟她接触，你觉得是现实一点，你跟她接触久了，就会发现她现实很多点。你要不要试试看啊。我真的觉得没法好好祝福你，看着姑娘的眼神就挺不待见你的，但是你这人吧，姑娘越不待见你，你就越往上扑。

混不吝清了清嗓子说：还是你了解我。你怎么那么了解我呢。

实际上，我们真的就见了一面。不是我特别了解他，是我见过很多人，也看到了很多套路，我特别喜欢跟陌生人聊天，知道很多不一样的故事。

接下来的很多天，混不吝每天都要稍微分享一点他恋爱的小进展。

有一天，我说我不想看了，等你进行了很久再给我看吧，说不定就是过眼云烟。

混不吝说：你是不是特别不相信我可以完成，是不是？

我说：不是，我不是不相信你，我是不相信这个时代，你只是缩影。你说她有一点点世俗，我坚信接触过后一定会变成大大的世俗。不是放大这件事情，是世俗这件事在何时何地可能都不会可爱，只会因为在一起之后更加狰狞。

话过三旬，混不吝开始怀疑自己的人生了，他问我：我是不是注定不能长久？

我说：这不取决于你。取决于你背后承载的东西。现在很多女生宁愿单身也不愿意应和。

混不吝开始给自己打强心剂了，你知道人越心虚就越会自我安慰。

他蜜汁微笑说：终于有一天你碰到这个人了，也许这一切都开始了！

好吧，我们的聊天告一段落了。

混不吝的朋友圈贯穿着爱情的起承转合。

你在人潮里不知所措，我却跟在你身后，伸手怕犯错，缩手怕错过。

他是在说：我想跟你开始啊姑娘，我怕被拒绝。

若不是深情似海，思念又怎会泛滥成灾。

我回复：因为寂寞也可以思念泛滥成灾。

有人问我，失去的东西还会回来吗？怎么说呢，嗯，还是会的吧。只是，我曾经丢过一枚扣子，等到后来找到那扣子时，我已经换了一件衣服了。

我回复：结束了是吗？

寂寞沙洲你在思念谁？

3

与世界不期而遇

境之东，享之极

海子有一首诗叫：面朝大海，春暖花开。去东极有一种感受叫：面朝大海，心暖了，花都开了。袁岳老师说：我们在东极岛有个项目，一起去考察一下。受！宠！若！惊！然而我还是故作淡定地接受了邀请！

从上海驱车接近四个小时，到达舟山。舟山当地有一家很有名的做海鲜面的阿乐面馆。一排海鲜齐溜放在你面前任君选择加在面里。乍一看还是觉得诱惑满满，不能自已，然而价格也不是很便宜。随便点点就是六十多一碗面，不过海鲜肥美，还是很满足的。

东极岛每天两班船，早上八点一班，下午两点一班。遇到节假日会增加两三趟。船舱价格分三等，上中下，价格一百元到一百五十元不等。坐船需要两个半个小时，所以需要带些零食和扑克牌，来打发下时光，另外会晕车晕船的小伙伴，需要吃点晕车药或者贴晕车贴。

到达东极岛之后，坐当地的电动车。一帮人浩浩荡荡去往爱创业的众筹旅馆：石码头。相信我，这间旅馆代表了当地的最高住宿标准。旅馆异常醒目，没有上岸老远就能看到。我住的是海景房。面朝大海春暖花开，自不必多说，关键是面朝大海，胃口也大开。

吃喝玩乐石码头，简直不要烦了。海胆、石蟹、巨肥的蛏子、活的黄鱼、拳螺、海虹、海岛鸡，加上当地的烹饪方式显得特别美味。

当地的蔬菜由于地质的原因，长出来、烧出来也跟我们大陆上的口感很不一样。

一桌人只顾扫盘了，眼看着桌上的盘子一盘一盘空了。老板也很开心地介绍着，我们这个鸡跟大陆的不一样，我们这个丝瓜跟大陆上长的不一样。老板是上海人，在岛上待了十年，非常热情，每桌来的客人都出来敬酒。

想想以前看小说，说渔民的生活如何如何，远离大陆的小岛居民生活如何如何，你觉得都不能想象，来东极岛你就有了画面感。有开小船捕鱼的人家，有修船的老匠人，极少有孩子，老人在这个岛上比较多。

政府有个项目叫“小岛迁、大岛建”的项目，第一件事就是把学校迁走了，所以东极岛上多是一些老年人和做生意的外来青壮年。每当有船的汽笛声响起来的时候，你似乎感觉到周围所有的人都热血起来了，因为船来了带来了外面的人，带来了生意，带来了物资，带来了一切。

上岛第一件事就是看日落，一路爬上山，路过很多无人居住的破旧的房子，想来应该都迁走了。岛上有个驻海岛部队，去的时候，兵哥哥们在拉练，围着山路一圈一圈的。一路上看着日落，看着风景，感觉我的心境和船一样从大陆来到了小岛，抽离着，与世隔绝着，安静着，享受着。我跟同去的小香说：我好像很少有这么享受和无所事事的感觉过。

第二件事是看日出，差不多需要四点起来去看日出。因为我们去的那几天云层太厚，所以看不起来。但是诸位如若去玩，一定别忘了看日出。

第三件事我觉得一定要做到，就是去岛上的居民区走走，看看他们的石头房子、博物馆、渔民画以及观察他们小街夹巷中洋溢的生活气息。

第四件事必须要做的就是出海以及海钓。想想海贼王、想想加勒比海盗，总觉得这个时候背景音乐应该非常激昂且不安分。这才是激荡的人生呀，所以有机会一定要出次海，看看远海的海豚和蓝蓝的天空以及一座座安静地在海上的小小岛屿。

第五件事就是去逛酒吧。岛上有两个酒吧：石码头和东极海子吧。石码头酒吧是室内的，必点项目东极之恋。东极海子吧可以吹海风，看海喝酒，大聊快意人生，真的非常过瘾。东极海子吧有个整面的电影墙，每晚必放后会无期。老板杭州人，从美国回来的，非常有眼光的在东极岛买了几间房子，改造成青年旅舍。

我说：为什么要叫东极海子？

他说：因为海子的那首诗。面朝大海，春暖花开。我很喜欢东极岛，岛民特别淳朴，好多年前去岛民家吃饭，给五十块钱，愣是不要，说鱼是海里捕的，不要钱。卖给你一罐可乐，怕过期，追出好远要帮你换。

我说：你喜欢这里，营造了这里。其实是快乐的把钱赚了。你是幸福的。

他说：赚钱还是买快乐，我只是一起把这两件事情做了。

石码头的老板说：为什么要叫石码头，因为是希望这是一个港湾。

但是，默默地我也在担心，每年大批游客的闯入，甚至超出了这个地方的游客承载量。会不会悄悄地，很多东西也在发生变化呢？

你说东极岛有多美呢，有的人会说，你的照片拍出了爱琴海的感觉。相比爱琴海，东极岛是一个尚未被完全开发的小岛，渗透着稚拙之美，它不成熟，但是它也是一种美。

如果你想过过作家那种远离大陆，去小岛上找寻灵感的生活。那东极岛可以给你，简单的不能再简单了。

面朝大海啊，心暖了，花儿都开了。

草在结它的种子，风在摇它的叶子，我们站着不说话，便十分美好。

渡口书店

到上海之初，便发了一个宏愿，要走遍大上海有特色的书店。这个想法缘于我在南京每周都会去书店待半天，来找一找自己。我对书店是有很深厚的情感的，类似于孩子对于母体妈妈的依恋。上周临时起意办了个活动叫：野酱下午茶。

约了两个姑娘，借以书店这种载体，泡一壶白茶，聊聊工作的跨界合作，聊聊人生的欢喜悲伤。在渡口书店度过了一整个下午，临走前老板娘说：我觉得你开个培训班挺好的，说的那么在点上。所以，野酱下午茶，或许我想做成一个持续的活动。不求喧哗，但求深刻。

说回书店的事情，幸福永远是个比较级。我在南京的先锋书店待一个下午，宽敞舒适，桌椅足够，我还可以不花一分钱，看一个下午的书，翻一个下午的资料，不疾不徐。在渡口书店，一进门便就有些许的不自在，地方小是一个问题，也没有什么坐的地方。

我问老板可以坐吗？老板说，得先付茶位费。我翻了翻书，老板说，书得买了才可以看。当时的内心，就跟怀念前任一样，想起了我的先锋书店。想起了我在先锋的 N 个周末喝的 N 杯咖啡，畅读的 N 本书。眼前的渡口，局促，拥挤，不舒适。那点文艺，被挤到犄角旮旯，上了封印。

放下包，放下刚才那一小段不舒适的体验，我想这么家小书店，在沪上能说的上名号，定是有些别处没有的东西。环顾四周，玻璃墙上的林青霞海报，算是一个标签，告诉找她的人，这里就是渡口呀！一些有过往的老热水瓶烘托出店面的年代感，阳台上放了些猴年的红包、春联这样的东西。用时下流行的话说，她是小而美的。

翻翻书架的书目发现，这里的书别处不一定有。数目都非常小众且有逼格，印象最深的是有一本很大的影印版的说国民党历史的书，看那装帧貌似是我宝岛台湾的原装书。时不时有客人进来，迅速地挑本书买单走人。翻翻墙上的海报，发现都是历年来主办的活动。你看看标题，就知道渡口书店的活动和那些大书店签售会的本质差别了。

每一个书店，都是一个精神空间的载体。渡口是小众的，不接地气的，高冷感十足的，像一个女神，只可远观不可亵玩的样子。可野妹子从来都是不信邪的，拉下神坛是我特别乐意干的事情，跟老板攀谈一会儿，老板也是高冷型人格，我用拍照片的方法便发现其可爱本质。我说，以后我们要一起办点活动。后面的话我没有敢说，我想让渡口更渡口，让人文更人文。

有一天，有人跟我说想做一个书店。一个书店便是一个精神世界，我想路过世界的书店，也想路过你的全世界。

培荣书屋

出差如果有空的话，必定要去当地有名的书店沾染点书仙儿气。湘楚圣地，除了历史悠久、声名远播的岳麓书院，还有一处“大隐于市”的书屋，是湖南卫视著名主持人汪涵的培荣书屋，市中心 24 楼，闹中取静！

培荣书屋，培荣是汪涵父亲的名字。汪涵曾在节目里表述：用父亲的名字，一来表达对父亲的敬重，二来是父辈对于年轻人好读书、读好书的荣誉感。一路摇摇晃晃慕名而来，都不敢相信，这书屋就在长沙著名的酒吧一条街。好一番寻找，终于在一栋楼里，搜寻到这个书屋，走到门口便心生一种敬畏感。

培荣书屋是质朴的，安静的，有仪式感的。走进之后，便觉得不可造次。入门处右边墙面的格子里面放着各种各样从各处搜刮来的印章、玉石、佛像，门边角落处有一个篮子和一把扫帚，返璞归真，雨天用来放伞。这书屋里的一花一草，一书一景，都在营造一种寻求内心平静的力量。

入口的案头，放着观音，总觉得这个小小的书屋，来者应有一份读书人的赤诚之心，前来朝拜。本来一行人熙熙攘攘的，看到里面安静看书的长者，顿时安静了下来。迎面入眼帘的是培荣书屋几个大字，是钟叔河先生所题，几本镇宅之书放在牌匾之下。

书店虽小，却别有洞天，每走几步，便有一番新的发现，墙上的字画，柜台里的折扇、古书籍、古玩，琴谱、碑帖，怀表，与其说这是一个私人的藏书馆，倒不如说是汪涵的私人收藏馆，主人的情致，便在这些花花草草，摆弄的这些个小玩意儿中显现出来。

走到屋子的尽头，左边不经意的瞥见，长施古印研习所。一案书桌，一排毛笔，透过这些，仿佛能看到古人沐浴、更衣、焚香、研墨的读书人的仪式感。右手边，蓝印花粗布的门挡子，发现里面还有一间小房子，取名“自在观”。

掀开帘子走进去，一大块石头上放了一尊佛，简洁却有装置之美。几个蒲垫放在地上，想来是静心打坐之地。一转身，一副对联字体透着稚拙之美。墙上陈列一副扇面，扇面下面，一柜子的又红又专，根正苗红的解放初期的小人书，别样的情趣。

书架上的好多书，有被人读过，甚至翻透的痕迹，很喜欢这种被翻阅过的痕迹。随便拿一本，上面有读过的人的注解，便觉得这书有了灵气，有了人气。背景音乐金刚经，书屋没有多余陈设，只有桌子凳子，书，一些汪涵从各处搜刮来的小东西！随手挑了一本，看了第一篇章！爱书的，爱看书的可来，来了就有一种敬畏感，读书的仪式感！

眺望窗外，湘江静静流淌，整个湘江大道，杜甫江阁、橘子洲的风光一览无余，人便也超然了。任窗外是如何热闹的人间，而这里是另一番光景。世间喧嚣，此处幽好！每一个书店都是一个精神世界。私人书屋，更能体现书屋主人的情致，态度，性格。

路过世界的书店，更像是一种动态，路过是某一天的驻足，感受下不同的角度，不同的人文，不同的视野，不同的书的仙儿气。七月份去游历的这家书店，只依稀记得点感觉，忘了细处。我想路过世界的书店，也想路过你的全世界。

你读了那么多鸡汤，不如去次西藏

不喜欢写游记！因为写着写着就记流水账了！写游记，写不过资深驴友，写攻略更是赶不上那些每次都认真做攻略的，我们这种都是走哪晃哪算哪的青年，要是非得往情怀上靠，还容易显得矫情。我是经历了多久的心理斗争，依然要写一下我的见闻。我认真的样子是不是像天桥底下贴膜的小哥。

每次出去玩的时候，都暗下决心，要写下来和你们分享我的见闻，我老特别矫情的跟他们说：旅游和旅行一定有区别，不然有的人去了西藏，去了丽江，去了尼泊尔，去了埃及，特么还跟文盲一样，无趣且世俗呢！

虎哥和酶总（因为主要研究的东西是生物酶）说：这两者肯定有区别，但是也不能太矫情区分了。可是，真的有太多人，向我诠释了无数次的到此一游！我之前一直想去西藏。鉴于我是一个虚弱的胖子，一直怕我高反很难受。人生总是有很多机缘巧合，就把你心里想做的事情，慢慢给实现了。

在飞机上远眺青藏高原。觉得青藏高原的山脉就像一本裸脊书，朴实震撼。不像咱们南方的山，像装帧精美的画册，山山水水，绿树覆盖，很多装饰看不见山本来的模样。

西藏有太多值得去游玩的地方了。作为一个小菜鸟，就凭着兴趣走走逛逛，逛吃逛吃。大昭寺是第一站。我在西藏差不多待了十天，基本上每天都到大昭寺附近遛弯儿，看天，看云，看唐卡，看磕长头的人们，喝甜茶，吃藏面，编那种只有游客才会编的藏辫。西藏的节奏真的要慢很多很多很多，我弟弟作为一个资深驴友，已经在西藏待了二十多天，我们在一起玩的时候，他非常鄙视我：在西藏仍然是上海的节奏。

布达拉宫太高冷了，毕竟是媲美故宫的存在。大昭寺才是西藏的中心，每天人流量最大的地儿。你信吗，我就看着这些磕长头的人，就能消磨一下午。大昭寺门前那一溜排的人，围着大昭寺磕头的人，我觉得换成是谁都会被感动的，每一叩拜都带着对佛法僧的无比的虔诚。陆川的电影《可可西里》里面说：见过磕长头的人吗？他们的脸和手都很脏，可是心灵却很干净。

大昭寺附近的小吃也挺多的。我知道有两家餐厅可能很多人都会去：玛吉阿米和雪域餐厅。我以我的党性担保，这绝对是唬外地人餐厅第一名。我真的是不能免俗地去了，深深地觉得这就是忽悠咱们外地人的。大昭寺请的导游，也点名批评了这家餐厅！什么仓央嘉措的情人，那种野史就别信了。根本就木有这回事儿，玛吉阿米在藏语里面也不是未嫁娘的意思，是妈妈的意思。据说当地的人是不会去这个餐厅的。

光明港琼甜茶馆，西藏人民一天的开始，就从这家特别有名的甜茶馆开始。在大昭寺附近，满眼的藏民中间穿插着几个游客，显得格外的扎眼。藏民们喝几口甜茶，念一段经文，再喝一口甜茶，念一段经文。偶尔有我这样的游客往来，仿佛嗅到了不一样的气息，打量两三眼，便继续念经。这个茶馆需要自己取杯子，一杯茶八毛，零钱放桌上，喝完会有人给你倒满，然后收取八毛。

普遍来说，藏餐馆的摆件都是比较老的，座位上、桌子上也显得比较油腻，淡定点，出来玩，别太讲究了，都这样。

仓姑寺的甜茶，仓姑寺等于汉族的尼姑寺，里面泡茶干活的都是仓姑，她们的头发剃得很短，有点类似寸头。不知道为什么，每个人的眼睛都很明亮，冲着我笑，那种笑非常的淳朴，感觉她们每个人在这里做事都非常的快乐。一个喝甜茶的地方，还附有一些小食，生意还挺好的，很多藏族同胞都在里面喝茶，念经。

酸奶店的铺子不大，酸奶倒是很好喝，西藏的酸奶有一种上面有酥油的非常酸，但是撒点糖还行，你会觉得口味很纯正，这家的酸奶也有点酸的，但是上面会撒上蜂蜜和水果或者葡萄干什么的，口感还很不错，你们可以去尝尝。

以前喝酸奶的时候，他们说：等我有了钱，喝酸奶不舔盖儿！

我说：等我有了钱，喝酸奶，只舔盖儿！舔酸奶的乐趣难道不就是舔盖儿嘛！

去这家古树酸奶，显示自己有钱的最好方式，就是一份酸奶里面加两份葡萄干。

晚上有现场的live表演，唱的是印度语的歌，里面有各种各样神奇的小锅，一点点大的小方锅，还有建议你们尝尝本店特色牛粪面包，口味独特，一般人吃不习惯。

进了以上这家餐厅，你就点一种叫楠的食物就对了，跟新疆的馕很像，但是口感更香软，并且还有各种口味的。

西藏的平均海拔是三千五百八十米左右，羊卓雍措的海拔是四千九百九十八米。如果在西藏市区没有什么高原反应的同学，可能去羊卓雍措会有一些高反，可以提前做一些准备。

至少我那车上，说来西藏活蹦乱跳的小伙子，到了四千多米的时候，都开始出现不同程度的高反。去之前看下天气预报，我那天就快被冻死了。西藏这个天气啊，一天短袖，一天棉袄的，你这一个 tempo 抓不准，就是个感冒。在高原感冒可不是开玩笑的！

我在当地跟人家拼了辆十座的商务车，司机师傅一路走，一路介绍。路上的风景真美，雅鲁藏布江有了蓝天白云做背景，绵延的山脉做铺垫，每走一步都是不同的形态。当地的杨树，因为昼夜温差呈现出层次丰富的红色黄色，层林尽染在雅鲁藏布江小小的滩涂上面。

离羊湖很近的垭口，会有很多的风马旗，风很大，演绎了一首真实的：吹呀吹呀，我的骄傲放纵。天地有大美而不自言，在西藏我觉得所有的相机都是苍白的，最好的便是我们的记忆，深深地刻在你的海马体里面，印刻在你的大脑皮层。

羊卓雍措，意为“碧玉湖”，与纳木措、玛旁雍措并称西藏三大圣湖，像珊瑚枝一般。羊湖的蓝，宠辱不惊之态，一阵风吹过，小小的涟漪，忍不住去触碰一下圣湖的水，去沾染一点好运气，清冽肌肤之感，远处一朵积雨云，给羊湖增加了一点层次，真实的东边日出西边雨，在藏区所谓的雨，也就是一片云一片雨，来得快去得快，是个急性子。

从拉萨市区去日喀则的扎什伦布寺，可以感受下青藏铁路沿线的美，从西藏出发那天阴雨，经过三个小时的火车，色泽一点点明快起来。生平第一次一个人坐硬座去一个地方，还是小小的兴奋了一下。下了火车，准备两块钱纸币坐公交车直达扎什伦布寺，还是挺方便的。门票如果没有记错的话是八十块，可以跟门口售票的人换一点零钱，里面拜佛的时候会用到。去扎什伦布寺最好提前做一些攻略或者蹭别人的导游，因为进入寺庙里面会有一些不一样的习俗。

在扎什伦布寺，你看见漫山的风马旗，每一栋房子上面飘动的帘幔，随风摇曳的格桑花，扎什伦布寺路头的数百年的灯芯树，风一吹远山现满山的牛羊，你觉得内心超级平静，就像冯唐的诗一样：可遇不可求的事，后海有树的院子，夏代有工的玉，此时此刻的云，二十来岁的你。都是最美的！

扎什伦布寺的附近有一家寺庙底下的茶馆，我承认我是看着这家名字才进去的，我觉得非常别致，确实是在扎什伦布寺下面的一家茶馆。跟各位看官报备下，西藏茶馆的茶基本上是以磅算的，最少一磅，最多七磅，根据人数多少你可以点，价格也很便宜，一磅的基本上在五块钱左右。在这个茶馆点一碗藏面和一磅甜茶，宝宝只花了十元人民币哦！而且这家藏面的汤非常棒，很鲜甜，跟我在大昭寺附近吃的味道不太一样，虽然它们都是藏面。

布达拉宫真的很美，布宫后面有一个公园，公园里面有条河，整个布宫在夕阳的映照下都照在河里面，你会觉得那个画面非常完整好看。我们总会类比故宫和布达拉宫，紫禁城虽华丽壮观，北方园林之雍容，她是严肃之美，她是工笔之美，一笔一笔严丝合缝，不容差错。

布宫建在一座山上，周围的山还是一副原始的模样。有杂树杂草重生，你觉得他是泼墨，多了些看似随意的洒脱。红白的配色，一些层次的阶梯，走着走着，一抬头，便是一片美好，随风飘动的帘幔，是风动吗？抑或是你的心在动！外围一圈的转经筒，不停地有人去撩拨，嘴里念念有词地说着祈福的六字真言。布宫是接地气的，是有包容的佛性在里面的，是可以去触摸的，是会撩拨心灵的！

从西藏市区自驾去纳木措，一路山色湖光的变化，让人兴奋不已。一路上雪山绵延，跟一溜排雪顶咖啡一样。从纳木措景区门口到纳木措湖边，你还得一路行车，一路牛羊成群，一派牧区的景象。你可以在这条广阔的公路上拍一点神奇的大片，路边的小牧民会拿他的牛羊跟你拍照，最好你们谈好价格，否则被宰也不一定哦！

去西藏能干点啥？还不是看天看云看湖看寺庙。各种措，各种寺庙，每一刻都美得不一样的天和云。纳木措的美和羊湖的千差万别，她是有些许野性的，她有波浪，她有涛声，她背靠着绵延的雪山，伴着那些山垭口吹来的风，她和那些山是在互动的，他们有来有往的共筑着湖光山色之美景。

在神湖面前虔诚地拜一拜，或坐在湖边安静一会儿。别学着那些通俗的游客，咋咋呼呼地排队跟牦牛合照，跟碑文合照，安静点，不要扰了这美景，扰了这份心绪。我很喜欢涛声，我觉得他们是世界上最好听的音乐，在海边在湖边，我会因为他们抽离出自我，然后思绪就驾着翅膀飞出去了。

雅鲁藏布江是大地的印记，山上的雪融化了，沿着山的脉络，因了这西藏的蜿蜒地势，或山涧中奔跑，或开阔处静静流淌，或山间缱绻向前。总之，它能变出一百种不同的姿态呈现在你的面前。坐着开往日喀则的车，看着呈现在我面前不同姿态的雅鲁藏布江，我觉得她美得就像一个妹子一样，千娇百媚，大美不自言。

拉萨河是雅鲁藏布江的支流，环绕着拉萨城。你从看《文成公主》表演的山上就可以看见拉萨的市区，你能看见布达拉宫以及布达拉宫面前流淌着的静谧的拉萨河，你会觉得拉萨市区在拉萨河的映衬之下多了几分灵动之气。

《文成公主》的演出，我觉得是值得一看的。所有旅游城市的实景表演，我认为都值得一看，这是这个城市人文风情的展示，是一个城市可以触手可及的，通过你的所有的感官可以充分感知的东西。以文成公主和松赞干布和亲的事情为载体，里面用了藏戏以及藏民劳作的一些场景的再现。以天为幕布，以山为背景，漫天的星星以及皎洁的月亮，配以真实的牛群羊群，再现了这一历史事件。

等待看《文成公主》的时候，可以去旁边的天堂时光书店看看，会有一些文创集市，出售一些特别有趣的东西。当然如果你有心的话，也可以给你的好朋友们写一些明信片寄出去。

去大昭寺附近的时候，刚好看到唐卡展览。细细地看了每一个区域的唐卡，都是以宗教题材为主，其他的用色习惯、构图以及采用什么样的装裱方式，每个地区都不一样。

依我看来，唐卡有点像中国画里面的工笔画，加上装裱的时候选的材质和造型，一起呈现在我们眼前的更像是一个装置艺术，是会需要考量一定的视觉传达的，加上唐卡都是采用矿物颜料的，不易掉色，能保存很久。

另一个要提的西藏的传统的东西叫坛城，一帮喇嘛，利用彩色的沙子，慢工细作，弄好后展示，在某一天他们又会将坛城毁于一旦。是一种佛教精神的体现，世事无常，生命无常。用大俗话来说：终有一天大家都会尘归尘，土归土。

西藏有个演艺中心非常有名叫金马四号，你们可以抱着去看着玩的心理，消费没有那么贵，点一打啤酒就可以混一晚上，看看西藏的歌舞表演。如果，您口袋丰满，还可以对演唱的人送哈达，哈达需要现场买，二十元到一百元不等。在金马四号，简直一言不合就锅庄！

你可以加入进去，挺欢乐的。

每一座城市的博物馆里，都讲述着这座城市的前世今生。所以，每一座城市的博物馆都值得去看一下，就像一个城市的目录一样，或者像一本书的序言一样。藏博会一年一次，如若碰上了，可以买一些好玩的小物件也挺不错的。可以很快速地了解到西藏的大的片区的民族服装、习俗都会有些许的差异。

我就这样的看着你，用尽所有的眼睛和距离，就像风住了，风又起！于是，春风十里不如你，一颦一笑，一潮一汐，都是故事！

对不起，我矫情了！去西藏就得犯点文艺病，才对得起这大美的山水，让你的每一个细胞都“嘭嘭嘭”的文艺起来！

在三亚做一个散淡的闲人

余生赚钱的意义，也不过是为了多看几次这样的晚霞。就算是无意义，也挡不住爷乐意啊！所有人都觉得这个钱可以去一次东南亚了，干吗？我就不能视察下我国的领土啊！

租一个小电驴驰骋在三亚的阳光里，好像偶像剧里面追风的少年，你总有一点悸动是关于生活的小确幸。满大街的椰子树，当！一颗就掉在了你面前，满心欢喜的带回，请路边卖水果的顺手给你开了，就开心的喝起来。甜甜的，你觉得怎么就那么幸福呢！恨不得每天骑着小电驴都能遇到这样的好事儿。要有角色代入感啊，草帽上飘带与风的呢喃，风儿摩挲着你的秀发，哼着小曲儿：你呀你，是自在如风的少年！

满大街的东北人，让你莫名地感觉到，它应该叫黑龙江省三亚市。晚上漫步在海边，感受到一种高配的广场舞，都是穿着统一服装，嗯！没错，都来自东北那旮沓！

每天都自然醒，迷失在每一个海湾里。去亚龙湾坐着小车一路飙到山顶，住一晚悬在半空中的鸟巢。站在山上，看着远处的大海，心中只有一句：东临碣石，以观沧海！去海棠湾吃一家很有名的烤乳猪、藤桥排骨。去三亚湾得吃一家叫老夫子的大排档，瓜螺，椒盐皮皮虾，石斑鱼……物料都是现买的，加工费也不贵，就图一个新鲜。

还要去吃东山羊，一点儿膻味都没有，椰子鸡也是必吃的东西，当然还有五脚猪。

第一市场附近更欢乐，找一家靠谱的加工人家。合乐蟹满满的蟹黄超级赞，兰花蟹，芒果螺，你想吃啥，就去附近的菜场买，买完给你加工。有家叫莲姐的还挺靠谱的。当然，你也可以去大点儿的馆子，去吃一下澳龙。

穿梭在夜市的暮色中，还是要做一个响当当的吃货。抱罗粉，清补凉，大鱿鱼一定要吃呀！吃好吃的水果，认识每一种长得奇奇怪怪的水果。路边摊总有卖槟榔的老奶奶，新鲜的槟榔伴着粉末，一口下去呛得你整个世界都天昏地暗。

每天睡一个慵懒的午觉，然后穿着您的小泳衣，穿着你的人字拖，去海边游泳，感觉这片海被你承包了！在海滩上捡各种各样的贝壳，拎着小桶带着铲子，然后把它们洗干净，带回来。看到涨潮的浪，就去踏浪，总觉得是谁家洗衣机里面的洗衣液放多了，没有漂洗干净的感觉。在阳台上晒太阳，顺带鄙视在普吉岛跟团赶场子的基友。从airbnb上定一个心仪的民宿，而不是住在千篇一律的宾馆里。

找一个莫名其妙的小岛去潜水，即使海水感觉都被东北大妈大爷尿黄了的样子。你就是想做一条鱼啊，跟毛子国的少年在海滩踢足球，输的就要走到海的深处，脱下内裤空中甩五圈再穿上。

落日余晖，晒得黝黑的皮肤，手里拎着小桶里面的战利品。嘴里哼着：我本是卧龙岗散淡的“闲”人……

不一样，在路上

28 日夜里到厦门，从阴雨绵绵清冷凛冽的魔都到温暖的厦门，心情着实变得很好。机场的柱子上写着：入山，入水，入厦门。脑子里下意识的反应：入楼，入宇，入市井，才是我对应的人生吧。出差的人生和徜徉于山水的人生，虽不是一种心境，却都是在路上。

李童鞋说：小野酱，女孩儿老出差不好！

我说：怎么了？

他说：走太快了，魂儿跟不上。人嘛，总有魂儿的嘛，你走得太快，有的能跟回来，有的就落在路上了。

我大笑，内心却在想，魂儿们啊，你们要跟上我，记得附体啊！

“看你经常出差旅游啊，你什么工作？”

“出差狗啊。”（别老污蔑狗，狗不出差）

“看你一点儿不苦逼呢！”

“那是，心有阳光，哪里都是马代！”

身体和灵魂一直在路上，好嘚瑟啊！我的高跟鞋就是我的玛莎拉蒂，我要用三十七码的脚丈量世界。每次出差带一本书，让身、心、灵妥妥的一起在路上。

节奏快的时候，每天辗转一个地级市。节奏慢的时候，一个礼拜停留一座城市。见了很多有趣的人，很多有趣的事儿，也发生了很多想让人骂三字经的人和事情。他们都停留在瞳孔，输入了记忆。对一切好奇，睁大眼睛，使劲儿感受每一座城市，每一个驻足的地方。最骄傲的是，修炼了一种技能，猜第一次见面的人的家乡和星座，虽偶有失败，但是成功率还是很高的。

以前做培训师的时候，小课上过几十个人的，大课上过一两百人的，因为见的人足够多，所以对人的微表情和微动作略有一丝自己的心得体会。你会发现某一类心理的人普遍有某个长相，某一种面部表情传达出来的是什么。很多人说我洞察力惊人，莫名的机智和神来的敏锐。对此，老娘只想表达，这都是出差、培训落下的病根啊！

对一切在路上碰到的好玩的事儿，幸运的事儿，珍惜。对一切在路上遇到的想骂三字经的事儿，hold 住、解决。就是一切问题的出现，都以解决为导向。根本就没有时间给你哭天抢地，哭爹喊娘。所以，每每遇到一些初次出差或者很少出差的人，跟我一起出差的猴急的样子，我很淡定，他们的内心应该无数次的竖中指了吧！

曾经狂奔在机场、高铁站，然后一路看着火车呼啸而去，也有刚上火车就关门的惊险，也会在过了检票时间跟检票的帅哥美女卖萌求通过，也有狂奔到飞机上，发现大家都在，好像世界在等你的样子。曾经坐在一辆从广州揭阳去广州湛江的车上，那车开了十几个小时，翻越了无数座山，烟雾缭绕，晚上翻山的时候，人迹罕至，没有灯光，路过一些村庄，只有几户人家的星星点点。现在想想如果真的被拐卖了，也应该不会有人发现，深夜到了湛江，下车时才发现，车上一共八个人，七个男的，司机光着身子，左青龙右白虎。我还活得这么好，我默默地在心里感谢了下祖国。

曾经一个月混迹在山东的各个地级市，从东营到青岛到烟台到威海到滕州到菏泽到济南，这一路所有的山东的地级市都被我插上小红旗。然后，吃了一个月的海鲜疙瘩汤，去每一个山东的地级市，居然都有这道菜，我要吐了。山东的菜都是用盆装的，山东的姑娘酒量就是惊世骇俗。每每我都要用上厕所去到隔壁包厢休息这种戏码来逃避。

会记得用脚趾抠遍江浙沪每一寸土地的日子，在浙江的中国美院后面的酒吧街，我、晓玲、静哥留下来逗比的吐槽岁月，一晚上能去好几家，不为喝酒，只为感受。西湖都翻遍了，也没有在断桥遇到过什么许仙之类的，神话里都是骗人的。去宁波为了吃一顿海鲜，坐了半个小时高铁，在一个小县城打了一百多块钱的的士，就为了看月亮吃海鲜，然后唱《看月亮爬上来》。会记得在广州，给我点菜，一个菜单上没有几个动物是真正见过的。我说，有点正常的吗？老板说，这个菜单是最正常的。吃了一堆我至今叫不上名字的动物，只记得味道鲜美，后来再没吃过。

去每一个城市要跟服务员小妹学当地话，每次说段子的时候都能飙几句出来。去每个城市第一件事情跟出租车司机聊天，先给城市摸底打分，沟通要注意的撇步。最后一件事情还是跟出租车司机聊天，说说感受，秀下这几天学的当地话，然后司机就会告诉你还有哪些地方你该去没有去的，顺便夸一夸我，小妹儿语言天赋很棒啊！

嗯，我是一个没有故事的女同学，终于在午夜的厦门丢失了睡眠。本来，着笔前，不是想写这个调性的，写写又跑偏了。跟我的驴友弟弟在西藏身陷沼泽的戏剧性故事比道行差太多了，我这顶多算小野酱都市探险记，外加都市人大数据研究。

不管什么样的在路上，都比在原地不动要强，唯有抽离出当下，才能更好地体验人生。很多人喜欢找我聊天，说小野酱，我想听你的鸡汤了。然而，小野酱的鸡汤也是一点一点从经历里面锤炼出来的高汤，我并不是生来就懂某些道理，或者这么宽容的有同理心的去理解一切常人不能理解的现象。

常常一个人在路上，有很多独处的机会。时间久了，你会发现一个人单独行动会高效很多，看书，想事情，处理邮件，写写东西，涂涂指甲油，敷敷面膜，听听歌，看看电影，我从来不觉得孤独，因为可以一个人做的事情太多了。迎合别人的时间变少，做自己的时间变多。越来越不喜欢喧嚣，喜欢听听自己内心的声音，偶尔三五好友喝喝小酒，说说话，就挺好，不为倾诉，为的是沾点儿人气。

探索世界的方式有很多，哪一种在路上都是在路上，哪一种对生活的探寻都是探寻，带着心上路才能更好的看清自己和路人。去每一个城市，我都毫无压力的融入，这使我萌生了一个念头，也许未来的某一天，我会去每一个我感兴趣的国家和地区都居住一段时间，生活、工作、感受！就像那句：我想路过世界的书店，也想路过你的全世界。那是一种写照，书店只是一个载体。

一切的一切，都不是偶然，你所积淀的，所迸发的都是你过往的经历，透过阳光折射出来的彩虹。

一页重庆

未去之前，我是有画面感的，曾经过往看过的书里面描述的重庆，山城棒棒，重庆火锅，重庆美女，重庆的美景，带着一片期待。

我不认为一个人去过很多地方，就一定具有多么敏感多情的触角，我坚信一切的美，取决于欣赏美的眼睛去看和拥有审美的大脑去感受。就好比，你们听说梵高厉害那么多年，画多好，你见着真迹未必能感知出它的好。一如中国人去看蒙娜丽莎的微笑，狂奔于景区，不过是为了合影发一下朋友圈，未见得也管不了蒙娜丽莎笑的到底有多神秘，达·芬奇的笔触以及细节的处理有多精妙。

我从南京飞重庆，落地那刻，发了条朋友圈：从国民政府到陪都。有朋友回复说，应该说从中统到军统。都是历史小达人。凌晨下飞机，小雨淅淅沥沥，多一份诗意，夜景着色多一份浓郁。接我的波哥，我第一次见，坐进车里，放着一曲歌唱祖国母亲的歌。一愣，这会儿还流行这个传统呢，这一篇不是已经翻过了吗？

重庆的夜景很美，是因为地理落差造成的视觉层次感，错落有致动态的美感，灯火辉煌，总有一种像是在宫崎骏动画片里面的感觉。有个挺著名的景点叫洪崖洞，诸位有空一定要去看看，清一水的吊脚楼，晚上各种灯饰，远观《千与千寻》的即视感。轻轨穿梭在整个城市的空中，一如《龙猫》的小火车的童话感。一面感慨大自然的鬼斧神工，也得佩服建造这个城市的勤劳的人民。去洪崖洞的路上，恰逢岳云鹏小岳岳在洪崖洞附近拍夜戏，我这人小时候就没有狂热的追过星，所以，一直跟小岳岳行注目礼，消失在视野。

重庆话很是亲切，就觉得一直没有把你当外人，特别接地气。但是，重庆女娃儿，嗓门吊高的时候，即使是随便跟你说点啥，乍一看都以为是在吵架。被夜雨洗刷过的重庆，第二天一早，熙熙攘攘，来来往往，跟一重庆美女问路，语速极快，blablabla说了一串，愣是没有get到她的重点，憋了一句重庆话：美女，再说一遍咯！这个“咯”非常关键，等同于韩语的“思密达”，甭管你前面说的多不像重庆话，这“咯”一拖音，就像那么三分了。

走在天街附近一块空地，一圈人坐那里聊天、抽烟，黄球鞋，扁担，内心压制不住的兴奋，总觉得曾经书里的描述终于照进现实了。就像一幅画卷在我人生默默展开，曾经书里描述的景象，一点点有了线条勾勒，一点点上了颜色，一点点动起来，活泛起来。

山城棒棒，是重庆这个城市特有的一种职业。因为重庆是山城，很多地方需要爬坡，有时候拎东西不方便，就会请棒棒去帮忙。棒棒的工具非常简单，一根扁担，两根麻绳，靠出卖体力讨生活。以前重庆的同事跟我说，我们运货有时候不好弄，就请棒棒挑一点，五块钱十块钱的。面前的棒棒都是一些大爷，我想这样的职业也许有一天真的就如黄包车司机一样消失，变成曾经重庆人的回忆，因为，大部分的年轻人是不愿意做这样的体力活的。

我们一路沿着高速回市区，看着这些地方的命名，觉得很特别，以“滩、坝、坪、岩、沱、坡”命名的地方占了大多数。好奇心旺盛的我，就立马询问起来。滩，很好理解，水和陆地交汇的地方，重庆有个很有趣的名字叫：寸滩。想来是很小的江滩，才会用寸字。坝和坪，必须放一起说，因为河流路过山间，高的地方叫坝，平原的地方叫坪，比如很有名的在广告里面经常听到的重庆的地名叫沙坪坝。岩，比如你们熟知的《红岩》里的渣滓洞，还有从机场去市区必须路过的鹅公岩大桥。沱，临水者多谓“沱”也，比如什么王家沱、李家沱。坡，坡是山与坪、坝间的过渡段。今天，我不是一个非专业不靠谱写手，我是一个高中地理老师。

重庆的吃，自是不必说。随着社会人口的迁移，美食也在迁移，现在我们已经在全国各地吃到重庆的美食。重庆的冰粉，火锅，小面，酸辣粉。值得一说的是，重庆的房价简直就是美呆了。跟江浙沪的四线城市房价相当。之前周云蓬说：帝都民谣歌手集体逃离北上，去了绍兴，我以为重庆也是个不错的选择。美食，美景，美女，必须是五感全部激发出来，满满的充沛的情感以及满满的荷尔蒙，特别适合艺术创作。

小时候，老师告诉我们写作文结尾要升华一下。

现在，我长大了，我就不！任性！！

总结来说一句话：遇见·渝见·愚见。

以前看过一部台湾电影叫《一页台北》。

姑且就叫你：一页重庆。

当我撞进你怀里

我想记住大理，所以在思绪混乱的这个早晨，我早早地爬起来，记录大理。老规矩说，我不爱写游记，那很容易显得像流水账，而我更爱电影的处理方式，蒙太奇，闪回，或者加一段BGM来衬托当时当下的心境。前两日在昆明，中间两日在大理，后三日在丽江，大理的记忆确是更浓重的，如果用水墨画去表达，那应该是泼墨山水的表达。苍山巍峨壮丽，洱海缱绻温柔，加分项是关乎人的。

记忆中是第一次坐长达七个半小时的深夜硬座，车厢满满当当站着的人，时不时瞥见一些外国的面孔，背着巨大的户外包，一看就跟我一样是来旅游的。经过了一夜的醒了睡，睡了醒的颠簸，终于在凌晨到了大理，下车的当下，除了肢体的无比释放，还有空气中清冷的凛冽，一阵风来，浑身抖了个激灵，是在告诉你的身体，嘿嘿嘿，醒醒，大理到了，睡什么睡，起来嗨！

同去的八戒，很好地诠释了一个灵魂导游+用生命在照顾我的人，因为我总会被工作打断，忘了吃饭，忘了要说的事情，忘了要去的方向，她总是在适当的时候，在巷子口，在街边，在阁楼上，在店铺口，大喊一声：仙女，我们这边走，仙女，吃饭啦！仙女，你干吗呢？询问店铺老板，我家仙女刚才来过这里吗？写的时候想起来，她怎么叫这个外号啊，明明瘦瘦的，美美的，重点是，叫我仙女有很强的CP感，天蓬元帅和嫦娥，差不多就是八戒和仙女的组合。

苍山洱海，风花雪月是必然要感受的。先去大理古城感受下氛围，美是美的，慢是慢的，店铺有些跟全国其他商业街没啥区别的。一路吭哧吭哧，边走边吃，然后，我们就发现了小！电！驴！这个装备 get 犹如你们玩《王者荣耀》抽到拉风的皮肤。然后，我们就一路作死，没涂防晒霜，不惧艳阳的一路嘚儿驾而去了。

此刻的洱海边三千家民宿以及餐饮服务都关了，留着寂静的洱海，以及空荡荡的民宿，碧波荡漾，青荇淼淼，背景是苍山的风以及青黛色的厚重，层层叠叠的白云，安安静静的街道，适合发呆、装逼、想心事。八戒往河里扔了一块石头，并传授了她哥哥小时候传给她的技巧，我们扔了几块石头，不知道为啥就那么开心，傻笑着好像扔的不是石头，是承载希望的什么，扔得越远越能实现。我喜欢听水声，各种各样的，可是洱海是安静的，只有风声呼呼，吹起一小阵涟漪，迅速又恢复了平静，就像淑女听到了一个黄段子，想笑又怕坏了样子。

坐在洱海边，飞了思绪，看着大山大河，想着自己今年未完成的 list，总觉得大山深处给了你一个回应说，昂扬吧少年！看着青荇一遍一遍抚摸着石头，细腻柔软。一遍一遍，如爱人耳语。你们也会这样吗？沉浸在这种安静里，唯有你和自然。

仙女，你真的要一直在太阳下暴晒吗？拉回了思绪，我们继续往前开了点，很多拍婚纱照的在洱海的滩涂之上，借以湖边鬼斧神工的断木，新娘的婚纱，大摆尾，很强的视觉冲击力。不少戏水的人，脱了鞋子，往水里走走，总觉得跟洱海要近一点再近一点。

我们开着小电驴回到古城，随便乱走，走进一家手工酸奶店，可能是午休时刻，古城的客人非常少，也可能是仙女我漏的仙气被发现了，老板硬是跟我们尬聊起来，这便是一个序曲，我认识了这样一群人，有趣、努力的大理经营者。看店的是他们拜把子兄弟老六，据说一共有九个，他们基本上就制霸了大理古城很多的生意。

老六非要说，昨儿应该见过我们，我们莫名其妙人物附体，带入角色，上了戏瘾，顺坡下驴聊起来。我说，对啊，昨儿见到一个扎小辫的（嫁接的是昨天在昆明下午一起敲手鼓唱歌的哈尼族小伙子），也是巧了，他们几个合伙人里真的有扎辫子的，据说号称是他们中最能白豁（东北话：唠嗑，聊天，编瞎话）、最文艺、最爱聊毒鸡汤的，碰到谁都能聊起来的同志，我们就说，是啊！就那个，可能说啦，这这那那的。

老六说，姑娘，我对面还有个茶货铺，咱们去那边聊，顺便等他们回来，冲着我手机没电，太阳太晒，我们就真的去了，顺便捋了下昨天的剧情，剧情编的有鼻子有眼的，还时不时制造了点戏剧冲突。老六说，你们在这里慢慢喝茶，马上一会儿他们就到了，让他们请你们吃晚饭，还帮我们把小电驴停在合适的地方。

镜头切换至店门外，三爷就出现了，我和八戒相视一笑，心想来了两人了，这剧情咋编啊。没想到，他一上来就问我们，昨天应该不是我接待你们吧，我一点儿印象没有。我们说，对对对，昨儿是一个扎辫子的，唠嗑唠了好半天呢。三少说，那就肯定是张宇了，只有张宇特别爱跟你们姑娘聊天，不像我们是正经做生意的。我说，对啊，聊好多呢，鸡汤啊文学啊民谣什么的。他们俩非常认真的确信了我们的故事，信誓旦旦地说，一定是张宇，扎小辫，还瞎能聊。

我们又跟三爷复盘了下剧情，三爷觉得等主人公张宇来让剧情check 下。当张宇进来的时候，我们看着小辫儿，就觉得太可乐了，怎么就编了一个瞎话这么巧呢，昨天的人设丰满高大点，就变成站在面前这个人设了，高大威猛，浓眉大眼，然后有一个骚气的小辫子，旁边头发剃青了，还有一个骚气的小三角巾，有点像巴斯光年的感觉。

我们就用一个瞎话骗了两个大老爷们一下午，还骗了人家上好的普洱，外加唠了一下午开心的磕，等张宇来了，这个瞎话才终极了。张宇说，就这两个姑娘这有记忆点的来过我肯定记得，肯定没来过，我们仿佛胜利者一般，仰天大笑。我们得意于生活这种意外地遇见聊天，真的也没啥负担，很开心，就这么聊了一下午，人和人的气场很难说，可能大相径庭，却在某个时空下相遇了下，然后就成了旅行的记忆点。

三少非要请我们吃晚饭，其实我们真的挺不好意思。但是，其实也就是普通外卖，顺便帮着看两家店，菜单送到我面前，我居然那么霸气地说了句，没肉怎么吃啊，也不知道哪里来的勇气，现在想想还是会觉得自己挑事儿的能力，一级棒。三爷邀请我们去他们的清吧坐坐，然后我们才知道这几个年轻人，每个人都有其他的产业，制霸了大理。

那个叫 CBB 的酒吧，我们去的时候，很迷思这个名字为什么要叫 CBB，只能解释叫瞎 BB 酒吧，随便点了点喝的，我看驻唱歌手在休息，我说我能试试吗？真的，我真感慨到底是谁给我的勇气，我真的就上去人模人样的来了首《董小姐》。老板大能是一个北京爷们儿，我这种江湖儿女，性格长相多半人会觉得我像东北的，随便聊聊异常欢乐，坐下来发现都是狮子座。我问他，你一北京爷们儿，皇城根下，怎么就混来大理了？

他说，他以前广告公司的，说话老 4A 腔那种，中文夹叙夹议，有一回来了大理，就不想走了，就辞去了工作，来了这里。大能同学，真的就是一副 4A 脸，外加点京城爷们儿的混不吝。你说，大理这地儿每年得骗多少这种自由至上，不喜欢都市人模人样生活的年轻人啊！

另外一个聆听者，是广西大学的小师妹，说起来大家都叫她师妹，因为好像是大老板的师妹，所以变成了一片人的师妹，师妹是趁着暑假来做义工的，每天听各种人的故事，思考着自己的人生，马上要开学了，我想那定是与这里不一样的天地，会充实、会忙、会考试、会恋爱也会在生活的罅隙喘口气，想想大理的懒散闲适生活。大理，或许是很多人的温柔乡，而大理的正确打开方式从来不是游客刷景点的匆匆忙忙，而是，就待着，待着就好了，生活，暂时放下盔甲。

另一桌印象深刻的妹子，是来找老九过情人节的，这一桌全国各地方人，走进了 CBB 这一个片场，有着每个人的过往，此刻我们在诠释一场话剧，叫鲜活人设，丰满人生。她一定是很喜欢老九才会在那个晚上从很远的地方赶来，喝了很多酒，说了很多话，也说了很多狠话，因为她和她好朋友等老九从晚上到了深夜，突然的造访以及漫长带着一些心绪的等待，喝着酒，不过是打发时间。深夜里，老九到了，天降暴雨，我们告别了这里。

没有带伞的我们，第一次感受到冰雨的感觉，深夜、暴雨，拍打在身上，透心凉，直哆嗦。故事如果是 happy ending 可能会被其他冲刷，好像唯有这样，我才不会把这一切遗忘，平行世界的人相遇在此，而隔天我们就各自回到自己的轨道。

我们的生活从来不缺故事，而是缺记录故事的人，我就是那个人，有些美好的事情，值得被记录。当我撞进你怀里，是说，生活中总有小意外，小遇见，而我总被温柔以待。

当我在这里

我看过大冰的《好吗，好的》《乖，摸摸头》《阿弥陀佛么么哒》，甚至追了那本最早的《他们最幸福》。

前段时间网络一片倒戈之声，声讨大冰。是非之外，客观中立地说，有些故事写得还行。当然，也因为他常常流窜于大理、丽江、拉萨等地，这些个都是产故事的地方，风花雪月也好、艳遇之地也行、生命体悟也罢。总之，这些个地方显然有很多故事，信手拈来，他不过是个记录者，看官们深究，以及认真本身可能就输了。

把书里的东西，去梦想照进现实，是很心之向往的事情。在大理、丽江问老板，你知道大冰的小屋怎么走吗？都悻悻地说，那地方有啥好去的？那么小，挤那么多人，就听听歌还能干啥？去找现实的大冰的小屋的我们，只是确认下，哦，是这样，原来如此，原来不过如此，或者原来还会有哪些惊喜，不经历可能没有发言权，有趣有聊，无趣无聊，那是在不同的人身上会有不同的理解的。

我和八戒晃了一天，吃完三爷的工作餐，看了会儿店，就告别了他们，去找了现实中的大冰的小屋。在人民路上，一个小小的铺面，一小块牌匾：大冰的小屋。下面破牌子写了，三十五元每人，可坐一天。进门找了个地儿随意坐下，问老板要了壶梅子酒和一瓶风花雪月啤酒。坐在台上的是怀森，英文名叫Huansion。怀森长得是一个小男生的样子，歌里传达的感觉好像赵雷一般，当然赵雷也是大冰的小屋走出来的歌手，大冰以前书里还说，赵雷不红，天理难容。怀森在当晚的记忆中，好像唱了三首歌，然后强行在每首歌之间尬聊几句话。大概是希望把歌能串起来，表达下为什么要唱这首歌。顺便穿插下过往自己的情路之类的。

怀森唱完，璠子上场。璠子最大的特点是有一头类中分且飘逸的齐耳短发，时不时用手把掉落的头发撩去耳后，然后说自己来大冰的小屋主要因为帅气，并给自己取英文名，尼古拉斯·璠子。璠子很爱互动，撩观众技能 9.5 分吧，还有 0.5 分是怕他骄傲。说，你们想听什么歌啊？你们点呗。观众稀稀拉拉说了些歌名，他就补充说，是哦，反正一般观众点歌，我一般就不唱哪些歌。整个气氛就非常棒了，因为这个时候总有笑点低的女生会先捂嘴笑起来，然后带动一些笑点高的其他人，捧场笑起来。

璠子，是在上海很多酒吧驻唱的歌手，你懂的，一般来大理的人，都是有自由梦想的人，生活不只眼前的苟且，还有诗和远方之类的。璠子说，每次在上海酒吧唱歌非常抽离，因为当你好好唱歌的时候，沉浸在音乐世界的时候，总有一些桌子，突然炸出摇骰子的声音或者划拳的声音。背景音乐和声音是烘托气氛的，那个当下，但凡有点音乐梦想的人，可能都会有些失落泄气，我不过是个播放器，并没有人在意我唱了什么。

中间不知道经历了什么，反正璠子一个想不开就从上海辞了，飞到昆明，锻炼意志，从昆明骑自行车翻越了 N 座大山，并在暴雨之夜，经历了自己孤身一人在深山老林的恐惧，无处安放的躯壳，终于在四天半后，胡子拉碴，没有人形地出现在大理城的大冰的小屋门口。说故事的时候，好强的人永远云淡风轻，好像在说别人的故事一样，可是唯有经历的当下，才能体会各种刻骨铭心，艺术家需要这种沉淀、厚重，才能在情感喷薄的时候写出好的曲子。

璠子说，自己会继续出发，可能会过段日子骑行去西藏，可是这两天他车被偷了。璠子是个会跟观众来事儿的歌手，调情和情调，在风骚的歌手身上永远是一念之间的事情。璠子有首歌我觉得很好听叫《陌生女人的告别》。写的是自己在上海衡山路的酒吧，冬天，一个鲜红嘴唇，穿着大衣的女人，默默喝酒听他唱歌，几拨酒后，女生看了他一眼，一个回眸，转身离去，唯有落寞，写在歌里。

所以，没错啊，所有的艺术都来源于生活且高于生活，要有体悟要有感受，要有敏感的洞察，才会有这些所谓情感丰富、故事性很强的民谣。

回家去网易云音乐搜索了下璠子的原创，宣传照太骚气，中长发飘飘，裸露上半身，一副我是一个有故事的男同学的模样。璠子唱歌的时候，进来了一个女同学，长相非常灵气，麻花辫独马尾，橙色T恤，Vans经典款。帮衬着璠子打鼓，时不时微微一笑，觉得哎呀这丫头可灵动了。这就是王二狗，一个民谣原创女生，大冰的小屋里面不多的女丁。

王二狗之所以叫王二狗因为觉得这样好养活，另外一层我猜是反差萌，一个看着灵气的女生叫狗的名字，很反差，有记忆点。王二狗把我们赶到小屋的树洞，这里一般只唱原创、讲故事，不给录音录像拍照，都不行。进去小黑屋之后，整个墙面写着，我有一杯酒。看过大冰书的人都知道下一句是：可以慰风尘。

王二狗的人生，到处闪着叛逆的光，她拧着一股劲儿，不断地往上往上。她说，自己没读过什么书，但是她的每一首原创都闪着她独特的人性之光，虽然她会觉得自己的歌奇葩或者像个神经病。可是，我插嘴说，我们活着并不是要像别人，我们要保持自己独特的光。我就觉得我们常常过得太村落文化了，总是怕张三说什么，李四说什么，他们又不能代替你过你的人生，生命这么短，何惧世俗，哪里有时间畏惧那么多，在意那么多。

王二狗的歌在网易云音乐也有，都非常好听，强烈安利《愿》。

人生总会有彩蛋，我们安静的听了两个小时歌，穿插着聊天、说故事，也聊人生，来来往往的人，大冰出现了！坐在我旁边！怎么那么赶巧了，简直了！但是，大冰感觉胖了好多好多啊，然后，这位叔叔在树洞里面为我们唱到了凌晨两点，并且非常强硬的不给拍照，另外就是必须要关灯唱歌，然后怼了我一晚上，树洞上面是玻璃，抬头便有星光，你会觉得幸福不过如此，有人给你唱歌，可以看星星，然后思绪飞一飞。没有铠甲，只有柔软。

我喜欢王二狗拧着的劲儿，喜欢璠子说陌生女人故事时候，眼睛里的光，喜欢怀森唱歌时的尬聊，还有吃着我买的凤梨还嫌塞牙，臭屁的大冰同志，能安静地为我们唱会儿歌。大理是个有故事的地儿，我们把时间轴拉得足够长，每年都有未完待续的故事在这里发生，浓缩在这个小小的城池里。生命如斯，你总有一座城池，在里面想着出来，出来了却惦念美好。

原来，这就是皇城根儿！

两年前，来大北京，帝都。

住在南锣鼓巷附近一四合院，一帮女生，来自全国各地的培训师宝宝。撩着房东大人拼酒，喝啤酒到凌晨，吵得街坊邻居都出来了。但是，我们很开心。亲爱的，我记得你们每一个人的脸，那是一群非常强大的培训师团队。

这次来大北京是为了参加一个中法的活动，要去人民大会堂。生平第一次去大会堂免不了庄重，隔壁就是毛主席纪念堂，谨记主席教导：严肃、认真、紧张、活泼，毕竟主席大人看着呢！

61 号宝宝问，小野老师身处祖国的心脏，何感？

我不得不配合地说：感觉祖国好伟大的！

估计帝都人民长期穿梭于长安街，并未特别感受。作为一个不经常去北京的人，乍一看到大会堂还是会心生一丝肃穆，确实很庄严的感觉。北方的建筑却是不比南方的建筑小家碧玉，各种亭台楼阁，巧妙地利用空间，小而美的精巧感。北方的建筑，就是一副气势恢宏的感觉，圆明园、颐和园这些皇家园林的代表，雕梁画栋，色彩艳丽，有气吞河山之磅礴气势。无奈我穿了双高跟鞋去参加人民大会堂里的活动，三个面全封了，我穿着高跟鞋绕着大会堂走了一圈，脚都废了。就在眼前，愣是没法进。各处都要安检。

开完会，去大会堂附近的馆子吃饭。服务员个个血气方刚的感觉，一副你再说老子就要跟你干架的样子。我曾经听说，在帝都并没有什么服务意识可言。我还跟朋友探讨服务意识这件事情。我们发现，凡是历史积淀深厚的城市，可能服务意识都不强，因为优越感强烈。内心的 OS 大概是说：哪有这点闲情去伺候你们这帮孙子。

我们去一馆子吃饭，和服务员对话如下：

这有 ×× 菜吗？

服务员：没有。

我记得有道老北京菜特别有名 ××，您这有吗？

服务员：没有这道菜！

以前在你家吃过一道很好吃的 ×× 菜。

服务员：您记错了，没有！不可能有这道菜，我们没有这菜！

当下那个场景，一言不合，感觉分分钟服务员得掀我们桌子了。我们默默的干了五块钱一碗的米饭，面面相觑，也是累了，懒得说了。就正常的服务培训来说，不管客人说什么，对不对的事情，是不是第一步得认同顾客，再去厘清事情真相呢？无奈摇头，还是家很有名的饭馆。

我跟我北京的朋友说，我说来了北京我才感觉自己是弱势群体。服务员是大爷，宾馆前台是大爷，出租车也是大爷。总之，我都得客客气气地哄着您为我服务，怕您甩脸子走人呢！

管虎的电影里，认知有一种老北京的人群，叫老炮儿。照着电影里面的表述，我在北京也算是遇见一回了。

我去问路，我说：请问下，咱们这个 ×× 地方怎么走啊？

不理我，我又说了一遍：大爷，请问 ×× 地方怎么走啊？

不理我，等着数秒，脑袋从报纸里面探出来，说：姑娘，没人教你要用您吗？

哟，您搁着等我呢，我思考了下，齐活的又来了一遍。

我说：您好啊！大爷，您吃了吗？跟您打听一事儿，×× 路怎么走啊？

大爷悠悠地伸出一根手指头，往里指指。

同行的宝宝蹦出来：路遇老炮儿，被教育了。

各种原因住在中关村附近的某著名连锁酒店，遇到的各种事情我也是醉了。给了一张卡，刷卡进去，发现有两人躺房间里面，进去的那一刻，我们惊呆了。尴尬癌要犯了。又给了一张卡，门打开一看，还是有人，服务员是用脚趾头做卡的吗？！这也就罢了，我住宾馆这么多年，第一次遇到深夜有人狂砸我的门，声称是我什么什么朋友，也得亏我门闩拴了，不然门早砸破了。打电话给前台，让他们派保安上来，然后就没有声音没有图像了，就不了了之了。我打电话问，就是一副你门被砸了，你被骚扰了，跟我什么相关啊？

各位，凌晨哦，帝都哦，在某连锁酒店哦，你们是不是能联想到曾经发生的同类事件呢？

顺便去了趟中关村创业大街，这真的是一条气氛诡异的大街呀！大概就是每个人都在打着电话，喝着咖啡，动则上亿的项目，很多的不真实感，屌丝感。比你想的要冷清得多，也许未来这些满嘴的拉皮条，有一些会梦想照进现实吧！毕竟这个时代，撬动梦想所需要的力量和渠道已经变得容易许多。宾馆不远处就是一庆丰包子铺，然而，身在创投圈，吃西少爷肉夹馍套餐难道不比吃庆丰包子更有信仰！肉夹馍的面皮挺不错的，凉皮少了花生怎么可以！！！

在大北京最开心的事儿，莫过于见到了奇葩说明星选手，在宇宙中心呼唤爱的陈铭童鞋，你们的老公思密达。还有，作为一个外地游客，不能免俗的又逛了一遍后海、南锣鼓巷、簋街，逛吃逛吃逛吃。

做完中法论坛，京交会活动，终于在六一前逃离了大帝都。要说的还挺多的，留个开放的结局，坐等各位跟我探讨吧……

各位儿童节快乐，愿你出走半生，归来仍是少年。

先锋书店的分享

大约几周前，被邀请去先锋书店分享未来书店的出路。

对于书店的爱，来自小时候，周五放学后就去书店站着，或者坐着，然后可能看完整本书，出门的时候，天已经黑了。

工作后，看似忙碌，实则庸碌，唯有出差去每个城市的书店，寻找一丝心安。读书，这件事未必一下子能让你变得有多好，但是，一直坚持下去，不会带来坏处，加上一直出差，奔波于各个城市，我经常笑称自己：身体和心灵一直在路上，好累啊！

喜欢先锋书店，大概是因为名声在外，全球十大最美书店哎，这名声不是盖的。以前，只是一个路人，去看书买书，从未想过会在这里分享。我以前很浮躁，总是想着赶紧的我得如何如何，总觉得一切都来不及。后来，渐渐发现，生活慢慢变得越来越清晰，有一些小小的梦想，在行进的道路上，不经意的像一朵花一样，就出现你的面前。

去先锋书店的演讲题目叫：路过世界的书店。讲一讲在国内见过的好的书店，说一说对书店的体悟。具体可以参照，我写过的一个系列叫路过世界的书店。今天主要说一些书店内核的东西。

书店存在的价值，是选择、社交、符号。

书其实读不尽的，书也很多，所以书店是承载一些好书的一个场地，因为网络选书，其实是看不到书的内容的，很容易跟风去买一些书，却未必是你喜欢的。书店，算是一个可以给你做正确，或者说对味选择的地方。

书店也是一个社交的场所，我以前在先锋书店看书，自己从进门开始选书，一直到有座位的地方坐下来，自己翻阅选择。其实，我并没有通过先锋书店认识到很多人。但是，在上海的渡口书店，因为有很多读书会，大家因为一本书在一起，探讨或者朗读，去试图体会作者的意境。然后，来渡口书店读书的人，实际上都算是有情怀的人，因为渡口书店把我们凝结在了一起，在某种程度上来说，渡口书店是一个我们想象的共同体，是这个都市里面可以承载诗和远方的地方。我们现在讲混很多圈层，比如：创投圈、工作熟人圈、同学圈、广告圈，我们还能通过一本书，或者一系列的书去认识一帮人，他们可能从事各行各业，我们读一本书，我们就拥有了多个看待问题的角度。

书店也是一种符号，互联网时代，书的生存其实很艰难，靠纸质书来赚钱，只能勉强维持书店的一般运营。即使是像先锋书店这样经营还不错的书店，咖啡区以及文创区虽小，但是产出的利润跟那么大的书展产出面积相当的利润，你就明白书的坪效有多低。所以，书店是一种符号，一个城市如果没有书店是多么可怕的事情，就好像一个人没有了灵魂一样，不管是渡口书店也好，先锋书店也好，其他的各个城市存在的有名气的书店，都一样，书店的存在具有一定的符号性，这种符号满足对某个逝去时代的唏嘘，我能在这里找寻到某些印记。

书店的未来，城市的文化地标、精神内核、谈天说地、有酒有诗。

书店的未来应该是怎么样的？不管是台湾的诚品，还是南京的先锋，以及各地的书店，书店现在存在的样式已经超越了传统意义上的书店，更像是一个综合体，文创生活的综合体，方所里面有器具，有服装的展示，诚品里面有大量的文创产品的售卖。书店更像是一个城市的文化地标，来南京游玩的文艺青年都会来先锋书店，留影，买明信片，在留言墙上留言。先锋书店周围的大学，南京大学、河海大学、东南大学、南京师范大学，都当这里是自个儿学校的图书馆，来这里看书，找资料，或者是准备考研，这是一种信任感、认同感，精神内核的一致感。我认同先锋书店，所以我来这里。

未来的书店，我希望有更多理想主义的介入，不止是一个看书买书的地方，它应该可以承载我们对于一些事情的不同看法，就像古罗马的广场一样，有智识的人，聚集在一起，谈天说地，对于一个问题可以进行不同的探讨和争论，言论自由，思想开阔。当我们谈得开心的时候，书店的负责人，可以拿出酒，为了碰撞而干杯，也为了相识而干杯，为了书店承载的理想主义干杯。当然，茶水费可以多收点没有关系，毕竟活下去才可以更好地谈理想。在渡口书店的多次读书会中，我们谈得开心了，书店主人就会拿出一些好吃的、好喝的招待我们，这种氛围和这种社群建设，在全国都是为数不多的。所以，渡口书店的复购率很高，用户黏度也很高，是一个非常性情的地方。

书的存在价值，皮囊，灵魂，身体。

人生来就有一副皮囊，皮囊的出身好像你并不能决定，虽然我很想出身于将相王侯之家，含着金汤匙。所以，没有人可以决定自己的家庭出身，但是可以决定自己的精神出身。你可以从中获得一些乐趣，你可以在书里到过很多地方，结识很多有趣的人，更重要的是你有了很多看问题的角度，而不狭隘。

这样你的皮囊开始充盈起来，有了灵魂。算是另一种伺候皮囊的方式，口鼻舌，身心意，都美好起来。一个人活得最自在，不是多八面玲珑，因为八面玲珑的本身其实是否定自己，对自己的不自信、不认可。而是，能知道自己要什么，掌握自己的节奏。这么短短的两句话，有人要用一辈子去实践，自己到底是什么？自己到底要什么？心和脑的距离很短，但是我们的实践却很长，有的人一辈子未必能想得明白。

如我敬重的老师所说：读书的目的，并非正确，是分享和思考。路过世界的书店，我也想路过你的全世界！会是一片广阔的草原，有很多鲜活的存在！

一个人，找自己！

越来越喜欢一个人待着，看书、听音乐或者广播，累了倦了看看远处的天空，阴郁或者明朗。一些人表示认同，说是的，感觉到一种自由，灵魂有遗世独立的美好。一些人表示摇头，一个人多无聊。

一个人，这种状态，是时代的产物。

两个层次，

第一层，独生子女，无法选择的一个人状态。

第二层，独身主义，自我选择的一个人状态。

无法选择的一个人，即独生子女，时代产物。周围很多很多的独生子女，我也是。从我自身出发，观察周围，独生子女的优点很明显，因为父母就一个孩子，所有心力凝聚在此，所以，整体的素质很高，会唱歌，会跳舞，会画画，会小提琴，多才多艺。

人格方面，独生子女，小时候鲜有跟很多人接触的机会，可能大多数双职工的子女，很多童年不是孤独在家，就是在兴趣班。中国的家长会说：宝宝，你要好好学习啊！妈妈所有的希望都在你身上了，加上中国高考制度的残酷，宝宝都要如在妈妈肚子里一般，要做那个游得最快的那个，教育的所有焦点都在你要优秀，你成绩要靠前。

一些独生子女看着很帅气很漂亮，多才多艺，但是人格上缺失，看待世界的方式，会陷入世界之大，都是你亲妈的态度，以自我为中心，一些独生子女长大后很容易变成只顾自己的人，缺乏共性，即使在集体生活的时候，心里没有别人，只有自己，没有分享精神意志。

举个简单的例子，很多独生子女在工作的时候，很容易把工作的成绩归功于自己，把工作的失误推脱于他人。一起出去吃饭的时候，一些独生子女，不会帮着一起点菜吃饭，或者张罗一些事情，习惯就坐着。因为，在家里都是爸爸妈妈爷爷奶奶围着他一个人转的。包括一些分享嘉宾，会在公共场合，说我不喜欢用 90 后的员工，因为太自我。当然，我们要一分为二地看待 90 后，95 后的问题。他们很多很单纯，感情的认同有时候比金钱重要，积极主动脑洞大。作为管理者，善用人是必修课，没必要打翻一船人。

在工作中，就会有缺乏一些角色边界感。这叫对待事物的分别心，角色边界就是对待事情没有场合感，我在家啥样、我在工作中也啥样，搞得四海之类必须是你亲妈，女性在这个方面尤为薄弱，所以女性做事时不太能做到对事不对人，她们会使小性子。

人类自原始社会以来，都是群居动物。以前有专家说我们是垮掉的一代，或许有些道理，我的工作会和很多人打交道，我能明显地感觉到，家里有兄弟姐妹的孩子比独生子女更会与人相处，一起共识世界观，价值观更正面、健全。

另一种状态：一个人，单身的人。单身的人，分为几类，一种是被动单身，因为自身条件问题，没有合适伴侣。还有一种，自己觉得单身很舒服很自在，学历程度越高，自我选择单身的概率越高。一个问题：

如若让你一个人待着，

你的脑子会是以下哪个答案？

一个人挺好的 VS 一个人就很好

这两个答案反映着两种态度，

一个是将就，一个是享受。

我周围有一些被动单身的人，一些宅男宅女，因为不太喜欢和外界沟通，就被动单身。所以，这些人沉浸在游戏里面，动画片里面，偶像团体的追求里面。人在空虚寂寞冷的时候，还是需要一些内核的东西去支撑精神世界。

还有一些主动选择单身，是因为真的享受一个人的状态，自由、独立、不想迎合，也不想被打扰。而现在的互联网化，能够支撑这样的人，一个人做很多事情，吃的有各种外卖，看电影网上就可以订好票，买衣服可以淘宝。一个人看书效率很高，能思考出很多有价值的东西。两个人或许稳定，也有两个人的乐趣，但是一个人更高效，更自由。一个人如果足够丰富有趣，是会享受这样的单身时刻的。

这种一个人，本身也不是真的一个人，你会发现大家都是一个人，这种一个人的状态就是一个群体，人自古就有群体性，我觉得互联网加速或者说重新唤醒了这种群体性，现在的社群营销朝气蓬勃。表面看似一个人，其实每个人都有很多的社交圈，微信有多群，这在一定程度上，打破了次元壁。这种一个人其实是伪命题，而非真正的一个人，我们现在有很多的信息源去轰炸我们，我们有足够的信息源，这个时代一个人的世界并不是寂静的，网络世界有很多人来人往。

我们上一辈人，东西坏了就是修，感情也是，遇到问题他们第一反应是处理问题、化解问题。所以，他们更包容；我们这代人以及接下来的人，遇到问题，第一个反应是换，我们有更多的选择，当我们跟一个人相处不合适的时候，我们第一条件反射是，我要换一个没有这个毛病的人。可是，当我们选择变多的时候，我们自己就变得锐利了，我们不会妥协，可是换了一个没有这个毛病的人，却发现接下来的人有别的你不能接受的毛病。我们面对太多选择的时候，我们发现筛选是一件更困难的事情。

今天这文写得太晦涩了，这是我的自留地，爱看不看，这文扩充扩充，多些数据，感觉可以变成一个社会学论文了！这大概是我最近的内省，也是结合身边一些例子。

简言之，一个人一辈子是要适时发现“我”这个东西的存在的，一个怯懦或昏惑的人生，都是没有“我”的。独而不孤，孤而不独，Anyway，找自己吧！

像一个英国土著一样の fish & chips

不吃吃 fish & chips，好意思说自己来过腐国吗？！可是腐国的 fish & chips 当真没有多厉害，还不如咱们巷口的美味鸡柳以及享誉飞马旅的“彭浦第一炸”。

炸鱼和薯条

哎呀，作为一个颇有吨位的吃货，去了一个国家浪了二十天，没少吃腐国街头巷尾以及正经八百的美食。试吃不同的鱼和薯条啊，以及鱼和薯条啊，以及鱼和薯条啊，毕竟腐国只有这个东西。因为我住 homestay，我的 homemate 一直跟我说，

Vera，you know，fish and chips is very delicious！

她非常可爱的问我，你喜欢吗？

我非常尴尬地点点头，Yeah, so nice！

港真，我非常同情腐国同胞，说好听点，鱼和薯条就是腐国版的天妇罗吧。不过，我也有迷思，就是为何腐国人民这么喜欢吃这个？一个精神文明如此发达的国家，吃得如此贫瘠。去的时候，好友还请我吃了顿 Ruth Chris，后来在腐国待了两天，真是无比想念啦。

因为语言学校在大英博物馆对面，所以，下课二十分钟的休息就会在那附近闲逛。有一天去另外一个校区，在大英博物馆的对面就看

见了天朝的都可奶茶，简直就让我虎躯一震。提神醒脑，于是就想进去喝一杯，发现价格比星巴克、Costa 还贵。均价在 3.75 磅左右，星巴克大概也就 2.75 磅左右。这都不是重点！

重点是大英博物馆对面的巷子里有很多家鱼和薯条店。拿到这盘菜的时候，我就想起了《模仿游戏》里的图灵小时候，一直把豌豆和胡萝卜在盘子里区分开再去吃它们，然后我有一度也很想把它们豆子是豆子，薯条是薯条，鱼是鱼的分开。大概就是这样一盘东西，然后沾着一小碟的千岛酱吃吧。类比起来，我就觉得和天妇罗口感差不多。

总的来说，大英博物馆对面吃的是心情啊，还会有很多外国人啊，然后很多鸽子可以喂啊。说到鸽子，真的，梁朝伟想要喂鸽子根本不用去海德公园，伦敦到处都是鸽子，毫不夸张，我上个厕所，都看到鸽子误飞进来了，也是弄得尴尬死了，感觉要偷窥人类上厕所似的。

某天，一个人从市区晃荡晃荡去格林威治，本来想说看看那个本初子午线就可以回家了。然后，发现附近的格林威治市场还挺可以逛逛的。然后就发现了一家附近据说很有名的鱼和薯条店。因为觉得门头超级可爱啊，于是就想进去吃一下。我觉得我特别喜欢格林威治，有很大一部分原因是，他们居然都不收我小费，我在市区吃饭都要收 1-5 磅不等的小费，主要是数学不好，我也不知道比例是多少。

在格林威治小镇上还有一家，就是门脸的装修我觉得还蛮别致的，我看到也有很多人在里面吃。有机会去的话大家可以替我吃一下。

camden town

这个地方是伦敦著名的朋克街区。什么莫西干头，飞机头，一抓一大把，鼻环、唇钉，撑破耳洞的巨大耳环，什么都有。建筑都是涂鸦，颇具设计感和抓马的风格。因此年轻人特别多，算是一个小的集市吧，特别热闹，非常local。好吃的也特别多，好多居然都要排队，我这人最怕排队了，然后看到家鱼和薯条店的小哥非常帅，我就去买了一份，居然是我在伦敦吃得最好吃了，因为没有那种油的味道，油也正好，不会滴滴答答的，而且鱼没有那么大条，对于女生而言，就大小正好，不需要把嘴张的巨大去吃。名字我还记得叫：Oliver's fish & chips。

腐国人民对于fish & chips的爱是真爱，英国首相卡梅伦还带习大大去吃来着，随处可见拿着盒子装的fish & chips上班族，边走边吃，非常沉醉。让你觉得，哎呀，怎么那么好吃的样子啊！等你真的花十二磅来一份的时候，你就想着还不如你巷口的沙县国际或者兰州拉面带感。但是作为一名异乡人，不妨去尝试看看，没必要在英国天天吃中餐，那么旅行的体验感也会被减半吧！

按照腐国的物价来说，鱼和薯条不算是平民食物。因为鱼是深海鳕鱼，他们每天消耗的鱼量估计跟南京人民热爱吃鸭子的程度相当。吃并且像一个英国土著一样の fish & chips，多感受感受，说不定你会如我一样，觉得在街上的小公园，手里拿着一份鱼和薯条，看着各种肤色的人来人往，沉醉在这份惬意中。

4
职场的内心小秩序

谈一场创业者的恋爱

今天，参加飞马旅的励马会。于我而言，它不是一个简单的会议，是非常深刻的学习会。于创业者而言，是从某个死胡同里出来。脑洞何止大开，简直就是脑洞喷薄而出。激烈讨论的时候，脑子里冒出了一个想法，如果我们用创业的思维谈一场恋爱，会不会就没有这么多单身汪了。

首先，创业的人都爱折腾。何为爱折腾？我的理解就是对世界充满敬畏和好奇之心。爱情婚姻里的双方就像高速公路的两辆车，最好是距离相差不远的并驾齐驱。否则，无论落后或者超前的哪一方，都会或多或少心存一丝异样。这种异样，是艳羡别人家的老婆也好，或者是觊觎别人家的老公也罢。人生那么长，世界那么大，你总有一丝渴望去看看。这是人性，不必装圣人。经常会有人在两性关系里面用驾驭一词，我想这个词本身就是一种不太平等的关系。我更愿意用成长。就像我们在创业的时候，我们的经验和管理能力都在慢慢的累计增长。把你的另一半当作你的合作伙伴，去试错、去探索、去折腾、去成长。那是一种乐趣，不是娱乐至死，而是尝试生活的广度和宽度的。

创业的人都脑洞大开。脑洞大开是因为探索，你们之间存在信息落差。信息落差很关键，如果我们跟一个人聊天，都用的是明日黄花的烂梗，聊几次恐怕梗已经说完，兴趣全无。大家都这么忙，说来说去的几个话题，老婆孩子热炕头之类的，也无须浪费彼此的时间。要成为有趣的人，新的信息、新的观点、新的尝试，并且很重要的是要乐于分享。好玩儿的人一起携手走下去，才会是不枉此行的人生吧！

创业者都要进行用户调研以此来了解客户需求。你的另一半也是你的终身客户，请好好服务之。80 后的孩子很悲催的是人类历史上唯一一代独生子女，这代人的显著特点是共情性不够。共情性指的是一种能设身处地体验他人处境，从而达到感受和理解他人情感的能力。被视为社交中的重要能力之一，也是情商体现的一部分。80 后生来孤独，当 90 后的宝宝们都恋爱的时候，80 后的叔叔阿姨们还在剩着。我想我们是需要一点琢磨的，在两性关系方面，它不是考试考来的，它不是理论能得来的，它是在为人处世的时候，慢慢琢磨而来，如果把你的另一半当作是你的创业服务对象，我想你们会更上心一些。要多谈超出用户体验的恋爱，而不是谈十个都跟谈一个一样，用户体验毫无更新，你不剩着谁剩着！

说工作，不扯淡！

问：每个月最惆怅的时候是什么？

答：地球和月亮之间的潮汐引力作用的身体的周期变化，俗称“大姨妈”！如果，我胡扯了请你也不要戳穿……

今天想说说工作，以及管理！

从小到大都是学生干部头头。

一身臭毛病，瞧不上这瞧不上那。

小时候喜欢作家王朔，就喜欢那股混不吝的劲儿。

回头想想你又怎么样，一天到晚傲娇个毛线！

最后无从解释，就只能拿星座那玩意儿扯淡！

毕竟狮子座，除了傲娇就是中二！

今天有人跟我说，要在管理的时候对人宽容，要职责明晰，哪些要做哪些不要做归纳清楚！

当时，我就想怼上去，你告诉我，创业公司有多少职责明晰的，你想干就干不想干就不干的事情，谁给你那么大的选择权。出风头的事情都愿意干了，积累内功的都不想干了。有那么好的工作，请给小野老师留一个。

我一直坚信一件事情，工作中要以结果为导向，别扯那么多有的没的。你说我也很用功啊，但是最后一事无成啊，你说我也发现自己一直在加班啊，但是没有结果啊！亲，我只能说你只是做出了努力的样子好吗？职场不是福利院，天天关爱撒人间。

没有绝对的自由，只有相对的自由。所以，职场上很多时候不是你想干嘛就干嘛的，公司花钱雇佣了你的时间，你出卖你的劳动，你要是懂得顺势而为，这个买卖里面还能实现你的自我实现。诗与远方也好，今天明天大后天的苟且也好，都是你的选择以及你所做的事情变成了这个样子。

你要是想有选择权，那你就得牛逼，公司定了五百元的营业额，你每次都能完成一千元这样的人谁都爱，一白遮百丑嘛！抓住主要矛盾啊，你说你啥都干不了，挑这挑那，谁惯出来的毛病。我们所有的关系，都是由工作合作构成的，你说你连初级关系都没有办法好好建立，处处给我挖坑添堵，别说什么建立深厚的革命友谊了。按照马斯洛需求，那都是高阶层的东西！你真当找工作是找朋友啊！革命友谊，革命友谊，我们是先一起干革命才能建立友谊，你这革命做不好，出了公司大门，我这没法亲切地叫你一声：亲！

我一直说我一定要坚定的和 90 后以及 00 后站在一起，他们才是祖国未来民族的希望，我一定先于他们老去，未来终究是他们的。周围的很多管理层都觉得 90 后孩子没法一起好好工作，踏实的太少，精致利己的太多。我倒是觉得 90 后挺好的，积极性高，创造力强。但是，绝对的自由是没有的，别每天都像风一般的少年，飘出门就触到电线上。

工作呢，讲求一个岗位的匹配度，上下级的匹配度。如果觉得工作本身不能适应，这个上司臭毛病太多呢，忍个半年一年试试，发现自己在逆境中成长了，遇到问题要先想着解决问题，别一天到晚一遇到问题，就回到妈妈的怀抱了。你这永远长不大，别指望什么我要平稳地长大，安静地成长，你发现你没有点血泪教训，看不出照妖镜中的自己有多可怕！没有痛过疼过压力过，你这都不会长点记性！

个性的你、个性的我、个性的你我他，没问题啊！生活是生活，工作是工作，在你家呢，你天天喜欢波多野结衣还是苍井空，我们还真管不了你。工作的时候，收起你那些奇怪的癖好，合作向前，携手共赢。这个时代鲜有一个人成就的事情，都是一个团队的助力完成的事情，别一天天的哪来那么大的个人英雄主义，你是《复仇者联盟》看多了吗？！

我觉得董明珠阿姨说得对，复习之：

做业绩的，要上级盯着管着才去做，请到富士康去，流水线才最适合你！

天天想着要上级主动教你带你，请回到学校去，多交点学费老师或许可以一对一教你！

要让上级哄着你做事的，请回到妈妈身边去，长大了再来面对这个世界！

我就想说，你连世界都没有观过，别特么跟我说世界观好吗？你连工作都没有好好做过，还跟我讲工作哲学，不是瞎扯淡是什么！

妹子，我们聊五块钱的工作！

大妹子，听说你大学毕业了？我们来聊聊工作呗！拯救你的职场尴尬癌，别问我是谁，请与我相约。我就是你们如此贴心的小野阿姨。作为萌猫科系光芒万丈有王者之风的狮子座，每天恨不得亲亲自己的小脸儿。哎呀，我怎么那么有爱心呢！

低头与抬头

我刚毕业那会儿，每天都要罹患尴尬癌。因为，整个分公司基本上都是已婚有娃女同胞，她们可以每天聊娃、聊娃的爸、聊和娃奶奶也就是她们婆婆的每日战事播报，而我真的无法有这种强烈的参与感呢。所以，我每天就睁眼卖萌，你们说什么我都故作认真的样子，一副我要听取经验，感谢分享的表情，然后脑子里面开始跑火车。

如果，你每次都不参与这种非正式场合的沟通，特别是很多女性的公司。你要知道，你很快就会被隔离成“玻璃人”。大家好事儿坏事儿，尤其是坏事儿，绝不帮你兜着。特别是刚毕业的大学生，当过学生干部的，或者曾经在学校有一些辉煌历史的宝宝，一身傲娇之气。可是我想告诉宝宝你，大学里面所有的辉煌可能搁职场都不管用，因为学校的环境还是相对单纯的，是相对单一的社会关系。

如果你一身清高的气息，我想说放下过去，也放过自己。进到一个公司，先观察一下周遭的环境，氛围是如何的，该拜山头拜山头，该请教就请教，一副老子我都懂的样子，不会有人喜欢的。一个公司就是一个江湖，潜规则都不一样。我们应该充当一个不断有惊喜的人，而不是一个不断失望的人。如果，你把自己放低一点，大家接触的过程中，发现你既可以把活儿做得很棒，又可以活跃公司氛围，上司就会对你惊喜不已，夸赞不断。而如若你一开始就一副我什么都会的样子，上司布置给你一堆事儿，做的时候，发现你做这个事儿不行，做那个事儿又不行，不断失望。

一开始，如果把自己放太高，摔下来的感觉真的不会太好。想想一只装满红酒的高脚杯，从高处掉落的感觉。如果你不被第一家公司认可，你可能在刚步入职场的时候，就产生一种挫败感，对自己产生不断的怀疑。

越权与架空

公司是一个合作的组织机器，部门之间各司其职，不然要有分工干吗？ 所有的事情想让谁做让谁做好了。这件事本来是A同事管的，你呢，绕着A同事，私下把这事儿做了，这叫越权。这并不能显得你机智，因为如果有不好的结果发生，那么，你是自己找死，屎盆子往自己头上扣啊，谁都拦不住你。这就至少犯了两个错误：1. 不该你管的你管了，谁要你多管闲事的。2. 还特么把这种自己揽的事情搞砸了，自己负责咯。

刚工作，你肯定是个基层，你的上面，至少有两三个管理层级，这是至少的。比如：你的工作应该跟直属上司汇报的，然后你绕过直属上司跟你上司的上司汇报了，这叫作架空。

面对职级关系，尤其是协作部门认知的同学，要跟很多别的部门的人打交道。往往拿捏不准，哪些事儿要汇报，哪些事儿不需要汇报，跟谁汇报。那就先理理顺啊，胡乱的绕过相关人员，胡乱的去用别的部门的人，架空相关的管理层，谁给你的勇气啊！这样除了会显得你蠢，真的不会有其他的感觉。

沟通与做事

什么叫沟通？跟对方说了，叫作沟了。对方明白了，叫作通了。你自己 blablabla 说了一堆，对方没有明白，那不叫沟通，那顶多叫勾搭了。大学教育往往教的跟在职场上实施的是两码事，所以很多时候上司布置的任务，似懂非懂的时候，一定要问啊。否则，时间过了，事情做出来不符合标准，你是会拖累整个团队的。因为，很多的工作是要很多部门协同完成的。如果你觉得你的上司的表达很有问题，你可能不太明白。那么，你可以说：我可能有点不太明白你的意思，我想问您表达的是这个意思吗？

自作聪明也是非常惊悚的事情，因为时间也是沉没成本啊。沟通一定要简单、直接、有效，有效非常关键。鸡同鸭讲的感觉就是，你数学很渣，你看到一张数学卷子，你觉得你每个字都看懂了，却不知道怎么解出这道题。

大部分的领导都是结果导向的，就是布置了一件事情，不管你用多少种途径去做，麻烦你做漂亮就行。所以，碰到自己不太有信心的工作，领导一布置下来就表示一种本能的抗拒，同理心的思考下，没有人喜欢被拒绝，特别是在开会的时候，你当着众人的面去拒绝领导。你可以先说知道了，回头思考下这件事情在你的理解里如何完成，再去主动的跟领导沟通请教。

沟通技能在任何工作场景下都非常非常非常重要，遇到事情多去反思揣摩，你的脑袋放那不是单纯为了显个高！

智商与情商

智商不够情商凑，情商不够那就认真凑！智商是能保证你把事情做好，情商能够保证你能笼络更多的人，我们一起把这件事情做好。有时候我们的成就感来自有着共同梦想和目标的人，向着一个可以看见的远方，拼命奔跑，终于达成目标。皆大欢喜，身旁有人与你分享这种喜悦，这种喜悦会被无形放大很多很多倍，你在别人的眼神里，看到认可，那种光芒会让你兴奋很久，激励很久。

情商的作用自不必多说，在过往的很长一段时间内，很多心理学家，把 EQ 上升到一个很高的层次，我们未必需要盲从的把 EQ 上升到多高的高度。但是，人与人之间的相处，不应该以友好为第一要义吗？我们同事一场，不知会相伴多久，但这一程你我为伴，希望一路繁华，各自成长。如若相处惬意，我们会是好朋友、闺蜜、战友。如若相处一般，那么我们也至少保持一份曾为同事的美好，毕竟相逢是一个概率的事情。哪日告别，各自珍重。人的一生职业生命那么长，希望你能总结出，跟工作以及同事和谐且高效的相处方式。

愿你们如凯鲁亚克所说：永远年轻，永远热泪盈眶。

梦想一定要有，万一见鬼了呢！

今天，又一次神秘人的检查，惊奇在于那个神秘人已然是熟人了。一切都习惯了。从大学毕业就从事传统零售行业。表面看，是个经常逛商场的工作，南京所有的商场都了如指掌。说起来，是个姑娘们会羡慕的事情。然而，我现在最厌倦的事情就是逛商场。我能想象出营业员跟我说的每一句对话，每一种套路。谁让我是教这个的。培训师，出差并游走在各大城市。每个礼拜都过的跟阅尽人间繁华一样！

五年沉淀了什么，从女装到化妆品到内衣，它们对我造成了很大的影响。喜欢看搭配，对颜色、设计敏感度高，喜欢看人的妆容、所用香水是否适合个人气质，喜欢看内衣穿着有没有很好的搭配外衣。想想这些职业习惯都渗透到你的骨子里，悄无声息的。

我要放弃这一切熟悉的，重新体验生活。原本就是爱折腾的人。生命不止，折腾不息。生命那么可爱，像钻石一样，我们不应该只看到一个立面。我想成为一个像钻石一样的人，不因为它名贵，而是别人给我什么样的光，我就能折射出什么样的光。

变化来自一个叫袁岳的人发了一个招聘。我就抱着玩儿的心态投递了简历。我从未想过会有任何结果。过几天有了第一个作业，有了第二个作业，一面。我义无反顾的买了去上海的火车票。那天台风来袭，上海大风大雨，打着小伞在外面站了一会儿已全身湿透。坐在飞马旅二楼，把衣服拧干，来回走动，有风，希望衣服快点干，为了面试不那么狼狈。

聊什么不太记得了，只记得很开心。并不像传统的面试者。经历了那么多次面试，从未有HR对我那一堆乱七八糟的经历褒奖过。他们只会冷冷地说，都没干和专业有关的事儿嘛。谁规定，你所有的经历和人生都要围绕你的专业紧紧展开啊。总之那一天，虽然外面狂风大作，我整个人都觉得自己是亮堂且充满阳光的。

我并没有对任何人说我的此次面试经历，狮子座真的极爱面子。

紧接着第二次任务来了，二面也来了。

紧接着我的第一项工作任务也来了。去东极岛考察旅游项目。而这一切我从未想过。恨不得在家裹着浴巾就扭一段东北秧歌。

跟Jackie提离职那天，总觉得自己一定潇洒极了。内心给自己建设的OS：你一定要极其潇洒，想着老娘要去追求未来啦！没想到哭了两个小时。对这个团队充满了热爱，充满依赖，才会如此不舍吧！

未来，我不知道会怎么样。因为去了一个全新的行业，全新的挑战。很多人说我，有点儿疯。

Sometimes the only way to stay sane is going a little crazy.

很喜欢这句话，人生需要那么点疯，才会体会到极致之美。我们都不要枉费了这句话。

治愈迷茫更好的方法是做，做了才会有选择权和选择项。

拼尽全力去做一件事情是什么感觉。不一定会赢，但一定不能算输。

见到朋友我就问：以后我要是输得连裤衩都不剩，从上海回来了，我求收留，你会理我吗。其实，狮子座死要面子，那时候一定玩儿消失。但是，不管怎样，你们说会，我就很开心。

香港有个作家曾经说过：“当你老了，回顾一生，就会发觉：什么时候出国读书、什么时候决定做第一份职业、何时选定了对象而恋爱、什么时候结婚，其实都是命运的巨变。只是当时站在三岔路口，眼见风云千樯，你做出抉择的那一日，在日记上，相当沉闷和平凡，当时还以为是生命中普通的一天。”投递简历，是没有那么走心的举动，那就试试吧，人生不必设限。没想到这么顺利。胆儿肥做的选择，我只是遵循了选择的基本要义即不悔。

把生命浪费在美好的事物上。

且高歌一曲，趁年轻，折腾吧！

创业死亡笔记

写这篇文章的目的，是想把自己对创业企业的一些观察写下来，或许具有一定的普遍意义，请大家以一个开放的心态看待这篇文章，如若能避免是最好的，毕竟创业不易。

创业死法一：没钱

我听很多创业者跟我说，现在压力很大呀。

我问：怎么了。

创业者：没钱啊，融不到资啊。

此时，你千万别露出给我一个亿，我就能拯救全世界的表情。你觉得钱一到位，立马就能干一番事业，化腐朽为神奇。可是，能不能融到资，一定程度上反映了你这个项目的好坏，如果你的商业模式很棒，投资人不是傻的，投资人都是人精啊，商业模式逻辑不通人家为什么要给你钱呢？如果一直融不到钱，不是因为融资真的有那么难，就别再用那种坚毅的眼神肯定自己说：我可以！你不懂！

其实就是项目太烂！我想一定有这样或者那样的原因，你得回去好好梳理你的项目。这是一个先有鸡还是先有蛋的问题，不是说投资人钱一到位，你就能发展成 BAT，而是你的项目有一定的可取之处，投资人才愿意下套。所谓佛度有缘人，先把怎么赚钱赚谁的钱弄明白，把自己该做的能做的都做到位，欣赏你的投资人自然就会出现了。

创业死法二：女性创业者

女性创业项目才开始做的时候，一般流水还不错。

我说：您对自己这个项目接下来的发展有什么想法吗？

女性创业者：我现在流水还不错，我想慢慢打磨这个产品。然后再进入资本市场。（女性创业者，十个有九个都是这么回答的！）

半年后……

女性创业者：你帮我想想办法吧，我这个钱也快花光了。这个你再给我找找人吧，这个这个要怎么弄啊，那个那个要怎么弄啊！

一年后……

这个项目黄了，换了个别的项目做。

不能说我的说辞有多权威，当然是我一系列观察后得出的结论。很多女性创业者在跟我谈项目的时候，大部分时候是这样的。女性创业者常常有一个特性叫理想主义，而忽略时间的沉没成本。你现在的流水好，不代表你随着时间发展越长，流水就更好，它不是一个必然的结果。另外，女性创业者更加务实，对于资本市场的意识不够强烈。老祖宗说，男女搭配干活不累，怎么那么有道理呢！

创业死法三：团队结构单一

创始人，清一水的技术理科男。

创始人，清一水的 BAT 背景。

创始人，清一水的已婚女性。

创始人，清一水的诗与远方情怀型。

我们之所以在一起创业，就是因为志同道合啊！道不同不相为谋啊！团队需要更好的前行，我们就得需要一些专门的人做专门的事情。清一水的理科男团队，营销就是硬伤，东西做好了卖不出去，或者做一些互联网服务类的产品，不能站在顾客的角度去思考。清一水的 BAT 背景，你觉得你们团队牛逼透了，中国人做事风格就是，一百条中国龙做出来的事情就成一条虫了。大家都太有性格，太有想法，然后落地的能力就有可能变得很低。

清一水的已婚女性，那么你会发现动力不足，创新不够。已婚妈妈们，还是会被孩子牵去一定的注意力，获取外部信息的能力就会变弱，创新性就不够。清一水的诗与远方情怀型，你就发现，老说情怀和诗，不为五斗米折腰，大家都因为情怀做事，没有情怀的就不做了，整个团队的落地能力就很低。企业的运转不是靠心情，靠情怀，靠诗与远方，企业要做大靠的就是制度。

一个团队如果想走得更远，我觉得是需要很多复合型的人才去推动事情达成的，创业前期，有共同的背景会让我们惺惺相惜，抱团取暖，更好的创业。创业后期，你会发现，这同样的背景，可能就是你们创业企业的致命短板。

创业死法四：培养团队能力

创业者很多都是自身能力很强的，在创业初期，创业的业务的推动，都是靠刷 CEO 的脸去推动的。当企业的业务越来越大，越来越多的时候，而 CEO 只有一个，CEO 并没有培养出更多的能分担一些业务的员工的时候，CEO 就被累死了。CEO 发现除了自己一概不管用，觉得下面的人不好带，觉得怎么除了自己，别人啥啥都不行的时候，我想 CEO 并没有摆正自己的管理心态，CEO 还当自己是个冲锋陷阵的战士，活该你累死。

我们现在创业叫创业，二十世纪九十年代初的时候创业叫下海。叫法不同，其实内容一致，就是自己做老板，做生意呗。当初，李阳的英语疯狂起来的时候，大家都追随李阳，凡是李阳去的地方，英语学习氛围都嗨，李阳不去的地方，疯狂英语并不能很好的疯狂起来，后来报道说李阳团队有很大管理型的问题，现在疯狂英语不复存在了，这都是必然的。

相比较我们新东方的俞敏洪老师就聪明太多了，新东方的授课风格都是如出一辙的幽默，各种段子，各种记忆方法，每个老师都有自己的特点，但是都是互动性强的，富有感染力的教学方法。而不是说整个集团只靠俞敏洪一个人去推动教学。

我只想说，创始人的带教能力太重要了，靠你一个人推动业务的公司，不能称之为公司，只能算是一个带着公司头衔的个体户。

创业死法五：人力资源的硬伤

创业团队的人员比较少，那么如何效益更大化，质量就得精。撸起袖子，就能干活。企业创业初，招的人得和公司的气质高度匹配和融合，大部分 HR 肯定无法站到老板的这种高度。所以，创业之初，我更建议创始人自己去招聘。大部分公司理解的 HR 只是一个普通行政岗，而一个 HR 的作用是非常重要的，因为，任何企业都是由人构成的，活儿也是人干出来的，所以人的作用非常大。HR 作为一个企业人才的输入口，老板们应该重视起来。

很佩服创业者，我也尽我所能地帮他们。王小波说：一个人只拥有此生此世是不够的，他还应该拥有诗意的世界。我相信每个创业者内心都有一个不同于别人的诗意的世界。不管失败也好，成功也好，不气馁的多次创业也好，折腾的人生不变的要义，未来的某一天，每一次的失败，每一次的挫折，都会变成你皇冠上闪闪发亮的宝石。

人生走过的路，每一步都算数。

职场的内心小秩序

说一个大词儿叫忠诚，你百度之后呢，就发现忠诚是一个无比大的词语，说要对国家忠诚、对企业忠诚、对爱情忠诚。总之，这就是一个道德的至高标准的词儿。它总是在表达一种自下而上的情感。

如果我们对一个公司不忠诚了，或者这个公司发展数年没有几个老员工，是否一定是员工的问题，还是说老板的管理也有着很大的问题？我们是否该梳理一下自己的管理思路？职业生涯跟生命贯穿在一起，相伴很长的时间。当我们选择和一个公司共进退，那必然有一点点可圈可点的东西。这种概率低得就像你相亲找的对象，于千万人之中，多看了你一眼。那么，什么样的管理者值得我们去追随呢？

知人善任

这对于管理者来说，是一个很高的标准。因为你得具备几个素质。第一，得知人。这个意思就是说，你得具备一定的洞察力，去了解每个员工对待工作的态度，他的特长、性格特征。其次，你不仅得“任”，你还得“善任”。善的意思就是说，你擅长去把人用在该用的地方。

有一些领导招聘人，喜欢用一些听话的人、比自己弱的人、没有潜力的人，因为他觉得那样是好管理的，因为你只要下面的人服从就好，你别事儿事儿的跟我提要求、提建议，听我的就好。这样的管理者，本质上对自己的人格是不自信的，为了操控，听话的人最简单嘛。然而，现在的90后这么有自己的个性，于是这些人就会说，你看看现在的孩子，完全不能听从领导的安排，blablabla……所以，这样并不能算是知人善任，因为他们本质上是懒得去“知”的，你就按照我说的做嘛，便也谈不上什么“善任”了。

古语说：用师者王，用友者霸，用徒者亡。意思就是说，喜欢用比自己厉害的，奉贤人为自己老师的，处处留心去学习别人身上优点的人，是会成功的。把自己的下属当成朋友的，一起做事也会很厉害。但是，最后一句话才是最关键的，就是用不如自己的人，专用言听计从、唯唯诺诺而只会顺从的人，一定会失败的。

允许团队犯错

很多领导是双重标准的，对于自己的要求就是低到马里亚纳海沟，对团队其他人的要求就如同一座珠穆朗玛峰。美其名曰：我是为了你好！一旦团队的人犯错，就扬言要炒了谁，骂得也非常彪悍，骂就骂了，就怕光人身攻击不给方法论的。

人无完人，因为形形色色不完美的人在一起做事，必然是需要磨合期的，可能还会带来一定的冲突，大部分的事情是可以通过沟通解决的，在团队做事的时候，彼此之间都要给团队的成员犯错的机会以及改正的机会，并给出改正错误的期限。

在工作的时候，务必要树立一个成人意识：对事不对人。很多女性朋友，在职场中，常常没有边界感，情感过度带入，批评她做事做得不对的时候，她总觉得是因为看她人不顺眼，有些长得漂亮的，甚至天真地觉得上司是嫉妒她的美貌之类的。然后，就搞得职场如同一部宫斗剧一样，我们不排除一些三观不正的上司是会如此，但是请用你的实力说服她好吗？　而不是谣言怼回去。很可能，那也不过是你的 YY 而已。

全局观与架构感

管理企业如烹小鲜。很多管理者呢，总是没有全局观，头痛医头，脚痛医脚。面对问题，总是就当下某个问题灭火，不知道再去多问几个为什么，真的只是因为当下的某个问题造成的吗？比如，领导经常说，团队执行力太差。可是，领导们有没有想过造成执行力太差的原因会有很多。比如，方法不够，没有给予足够的激励，员工家里最近是否出现了一些问题或者本质上员工根本就不认同你的行为。

架构感是说，我如果完成一件事情，我要做哪几部分，每个部分分别的要点是什么。为什么说架构感非常重要，当你跟一个没有架构感的上司在一起的时候，你会发现你做的每一件事情，都毫无头绪，东一榔头西一棒子，瞎指挥导致你数次返工，你也无法建立起对于这份工作的成就感。

承诺兑现

领导们喜欢画饼，画饼的时候很吓人，总是说未来一片光明，世界一片灿烂，你的命运和公司的命运捆绑在一起的时候，就是你三生三世修来的福气。在公司奋斗的前期，我们是要给到愿景，我们是要通过画饼去鼓舞士气。当然你也会发现一些老板，乱画饼，根本无法兑现，却还要许你一个未来。如果把你和公司的关系，看成是恋爱关系的话，那么，这个公司许诺你光明未来的老板，是不是一个活脱脱的人渣！

我经常听一些职场新人说，公司老板承诺涨工资，说好的涨三千，到手发现才三百。然后，新人的三观就会被颠覆，说社会怎么这样！我当然不想告诉她，社会就是这样，可是社会真的被某些烂人搞得真的不像样子。

切忌穷人心态

很多鸡汤文说，做人要切记穷人心态，经营一个企业也必然是如此。大家都知道买东西贵有贵的道理，用人也是一样，贵有贵的道理。你希望企业有长足的发展进步，然后你老用一批庸才，看着就是一破屌丝公司，也做不出多漂亮的事情。有一个词叫复利，就是说每次追求一点点好，日复一日啊，就会效果惊人。公司天天跟你讲情怀，然后不发钱，或者永远发很少钱，没事还会苛扣奖金。老板开口就是：不要一天到晚想钱想疯了，然后自己盆满钵满。

富人的心态是，我要杠杆，一百万元我要赚两百万元回来。穷人的心态是守候，总是在算计自己的付出，看不到自己的所得，如果付出太多就不付出，如果花钱太多就不花钱，可是他们浅显得永远看不到自己得到的会比付出的更多。

老板和员工永远都是双重选择的，刚入职场的弟弟妹妹们，首先是要做好断奶期的准备的。其次，也需要具备一定的内心秩序，什么样的老板是值得你追寻的。

你还能跟这个世界抗争多久

话说我周围有很多文艺青年、文艺中年、文艺老年，我觉得他们都是勇敢的。敢于和这个世界的世俗抗争，他们中最厉害的就属空巢文艺中年了，毕竟 1988 年出生的人，都被联合国定义为中年人了。当你不喜欢你的女上司的时候，你也可以抱怨说：嗯，那个 1988 年出生的老女人，blablabla……

我们如此的与时俱进，不得不感慨，我们也还是会有知识恐慌的，世界变化太快。当年文艺的那些还是那些，但是它们悄然的发生。有本书叫《文艺女青年这种病生个孩子就好了》，我切实地感受到周围的你们在为这本书做证明题。

当文艺青年们生孩子的时候，就是与现实撕逼的时候，你发现你的老公不是至尊宝，你可能也从当初迷人的嫣然一笑变得如此具体、如此的接地气，与生活相关。你得面对琐碎、面对怀孕、面对阵痛、面对哺乳，你的底线一步步被突破。现实一步步把你从风花雪月、悲秋伤春中抽离出来，不管你乐意与否。文艺青年需要与自己的内心秩序做斗争，文艺在那个狼狈的当下，犹如一个笑话。曾经你自在如风，此刻你因为哺乳可能整天整夜无法好好入睡，你衣衫不整，不修边幅，缺失了一种轻快。

裹挟

接下来，关于孩子教育的裹挟可能更痛苦。曾经我们那么憎恶的应试教育，因为周围的家长都是如此的给孩子上补习班、给孩子幼小衔接。在与现实的斗争中，最后大家都选择了妥协，裹挟着去给孩子复制了自己的童年。每当我看到周围朋友的小孩，又在复制我们当年的道路时，我就会扪心自问，以后我有了孩子，我还会如现在这般坚挺的说，要让孩子自由的成长吗？我觉得我底气会不足，我怕我丧失这种勇气。毕竟，游戏的规则不是我们制定的。

相似

我们害怕孩子输在起跑线上，可笑的是我想问，起跑线在哪里？我们坚持斗争了那么久，我们在昂扬的青春没有选择妥协。因为，我们怕我们的孩子活得太辛苦，母爱让我们为孩子选择了雷同的道路，跟别人一样。就像追寻数学考试的选择题答案，语文考试的文章中心思想一样，我们终究选择了相似的人生。Ctrl+C 之后 Ctrl+V，我们长吁一口气，孩子啊，妈妈都是为你好。

我们终于变成了我们曾经讨厌的人。

冲淡

我们的青春终究会被岁月带走，我们的有趣也会被岁月冲淡。

灵魂

我们会在午夜去看那些曾向往的灵魂，他们写得有趣文字，心生欢喜。像极了午夜偷欢的人，天亮之后终究要离开这片刻的温柔乡。

我给好朋友们看，他们说，你这哪是文艺青年，你这是伪文艺青年。每个人都在和现实抗争啊，我们都想过得纯粹啊，可是，谁又能坚持到最后，做那个看似的胜者。不能因为我最后跟现实的抗争败下阵来，你就说我曾经过得虚伪，我只是不够强大。

你们不要跟我讲道理，我又不是讲道理的人……

我发了条朋友圈，想知道大家对一些事情的看法，几千人的朋友圈有足够的样本。

我问：你们觉得这个世界最难的品质是什么？

各种答案：诚实 / 平静 / 善良 / 不拉黑 / 乐观……

有两个答案，与我心有戚戚焉，靠谱以及不狭隘。

袁岳先生在第一次面试我的时候，问了我一个问题，他说：你觉得作为助理，拥有的最核心的品质。我说，学习力。他说，是忠诚。我和很多企业创始人聊天，我发现最难拥有的品质是：值得被信赖。

在我看来，值得被信赖比靠谱这件事更难获得。靠谱，是我布置你一件事，你能完成八十五分，这叫靠谱。值得被信赖的意思是，我让你做一步，你可能想了两步，细枝末节都想到了，于是我很放心把一件事让你去处理，我就去等着成果就好了。注意是成果而非结果，结果的意思是完成了，成果的意思是不仅完成了还做得无可挑剔。

值得信赖的人，就是说，我今天布置你一个任务，你可能不会不懂，但是你的责任心会让你即使是熬夜，可能也要把它完成。我举这样的例子，我觉得可能很多人都会咋舌，不过是一份工作，我有必要这样吗？

老板们常说：我很信任他的，事情交给他，我很放心。可是在事情跟进的过程中，一定会各种过问各种束手束脚。我想表达什么意思，语言是非常具有修饰性的，我嘴上说相信你，行为上却相当诚实。

我们经常遇到这样的情况，很多大企业一个萝卜一个坑，上面不升下面就没有机会。他觉得工作没有上升空间，所以找了一个下家，和别人也谈好了，各方面都不错。回头和自己上司谈的时候，上司想留下他，搞得你内心可挣扎了要不要离开。

这绝对不是个案，我们相处了很久，我们貌似是工作上的好搭档，面临对这份工作的二心时，我们约定俗成的不会先去找领导聊聊，而是先找好下家，这甚至变成了一个职场潜规则，大企业更是如此，为什么呢？很多大企业的高管，本质上也没有什么决策权，规则都给你定得死死的。因为有很多东西沟通无效。人惧怕沟通，是因为对面那个人，可能很难沟通，或者料想到结果。因为沟通的缺失，我们的信任就像将死的植物根茎，一点一点，堵住了通道，然后信任就死亡了。

“值得被信任”是一个非常非常难得的事情。

刚入职场的弟弟妹妹问我，你觉得最重要的事情是什么？

我毫不犹豫地说：获得信任感。这种信任感获得很难，我当然知道，我可能得花十二分的力气去跟团队建立默契、建立信任，但是一旦这种信任和默契建立之后，飞轮效应，一切的运转就会非常自如以及越来越顺畅。

所有的低头都是为了抬头，所有不断的努力，是为了掌握选择权，所有的不自由都是为了更大的自由。

人啊，终究在挣脱牢笼，以为出来了，但其实又进了另外一个！人生就是带着枷锁舞蹈！

毫不避讳地讲，我的初恋们长这样！

客户虐我千百遍，我待客户如初恋！

嗯哼，每一个客户都是我的初恋。

你每一次全身心地投入，总会有几段想掐死对方的经历。就像你们回忆前男友一样。我这么懒，也不会想掐死谁，就是有什么不开心的拿出来大家开心一下。

鸡同鸭讲

这一类真的就厉害了，就像唱歌跑调，是的，没有一句在调上的。全程 freestyle，hey，hey，check now，煎饼果子来一套。

我是隔壁王老二，听说贵司特别屌，所以特地来请教。你看，有没有 get 到 rap 的精髓，这句话就明显“三押”了。中国有嘻哈不是白看的。

最精彩的来了，我说项目，他说情怀，情怀扯老半天了。我说咱们说会儿项目吧，他说好的。然后，就开始讲自己年轻的时候，什么逼良家妇女下水，劝风尘女子从良啊。那么，我们就来扯五毛钱情怀吧。他说，情怀这个东西只可意会不可言传，你还太小了，等你到我这个年纪就懂了。你跟他说方法论，他跟你讲情绪。我说，你说说商业模式吧。哎，你怎么一直怼我呢！对不起，我错了！

我很讨厌别人跟我谈公事的时候，对人不对事。先说事情，别情绪事情裹挟到一起，一地鸡毛。搞得一副小媳妇模样，哭爹喊娘，事情不好好处理，情绪还搞一堆。

全程搞得自己职业lay-back，对于这种人，我真的只有一个信念，怼回去啊！

你懂啥啊

这类瓜娃子也蛮厉害的！全程都觉得，对面坐的这个人，就是个弱智，一副你懂啥啊。但是，我也蛮好奇，既然一副看不起我的模样，为何要耐着性子对我讲。

这类人，常常给自己一个貌似很牛逼，自认为非常响亮的名号，比如：领袖营教主，草根创业王子，沙漠传奇，创业一百单八将之小白龙。

他恳求见你的语句也会编辑得非常传奇，像这样：

我发明了一个世人都没有发现的模式，这个模式集成了O2O，B2B，B2C，切中社群经济的核心，高度整合了资源，非常垂直细分的去解决一些失业和就业的问题。这是经过了我十多年在这个商场的沉淀努力、充分去调查了人性的需求，在心中打了无数腹稿，修改打磨，倾注了我的全部心血。我相信一定会成为你们最好的项目，没有之一。请相信我，恳请一见。

全程一副嘴脸：你不懂，你听我讲啊，别插嘴，听我说完，你懂毛线啊！

宽容，你是仙女，如果生气，你的仙气就会没有的。

王炸——全程 diss

这类人大概觉得所见即为整个世界，整个世界的人民，都能被他对接上，整个谈判的过程好像在打一副扑克牌。不断 show 自己的人脉圈，表面一定云淡风轻，气定神闲，仿佛每一张牌都是在自己计算中，他非常期待你出现 shock 的神情，要被他厉害到。

我这人就是不太服软，虽然我知道这是病，但是我也不太想治疗。

秀的过程大概是这样的，我认识 × 公司的总监，可以给我 ×× 资源。

点头微笑。

×× 公司的总，我也认识，私交还不错，昨天还一起吃饭的。

点头微笑，不失去礼貌。

其实，我跟哪个口子的领导很熟啊，之前他儿子上学我还给他找了关系。

保持微笑。

哦，你刚才说的那些人我都认识，我觉得挺好的。

但是，资源这些东西不落地那不行啊，你攒一件事，等于什么都在空中啊！

收起微笑，陪装逼完毕。好想唱一首《演员》，表达此刻心情！

天生骄傲

罗胖给自己的锤子手机找了个口号叫：天生骄傲。

有一些宝宝天生骄傲得蛮厉害的，我也不知道他的骄傲来自何方。可能是梁静茹给的勇气，来抗拒世人的流言蜚语。

我跟你说哦，小姑娘，你晓得哇，我们这个项目多少人抢哦！老厉害啦。

C 轮我找好了红杉基金了；

B 轮我也跟 IDG 打好招呼了；

A 轮嘛，我考虑让真格搞一点；

现在就差天使轮了，你看你考虑考虑。

说说你的感想吧，能飙脏话吗？不能，那我没话说了，谢谢！

认真脸，论浮华浮夸，投资圈不输娱乐圈。还是要为认真创业、改变世界的人鼓掌。

我只是投资圈的小盆友，但是我见证着这一切。

很久很久以后，我们才知道，过去的就再也回不去。

如果还能重来，你想对你的初恋说什么？

哈哈，两个字，去死！

手段不够硬，身体要够软

90 后已经离开学校撞地球了，他们要统治所有公司的基础岗位了。然而，被学校教育废黜了任督二脉的他们，刚入社会必须得经历艰难困苦的断奶期。会发现学校那套小伎俩，根本没法好好进修社会大学。学校那些必修课都是扯淡，社会大学才是真正人生必修课啊！

90 后的宝宝以及在职场待了那么多年，还是智商捉急的宝宝们，怎么做事才能显得自己不是职场的小透明呢！我这么好为人师，就大发慈悲地告诉你！我也不知道自己嘚瑟个什么……请不要叫醒我！

分解任务

当你的上司布置你任务的时候，不要急着下笔啊，老师说过呀，要审题。怎么个审题法，我们要把这个任务转换成：目标—方法论（反馈 / 跟进）—完成。事情与事情之间因为可能出现不是你当初的理想状态，所以在某个大的事情节点上可能出现异样，要有 Plan B。除了 Plan A 以外的都是 Plan B，有的时候因为事情棘手，可能还得备着 Plan C 以及 Plan D。在跟上司解释事情困难的时候，简化理由，重在分析以及给出你能想到的解决方案。

少找借口

我每次听到别人跟我解释一堆理由时，我这暴脾气，一言不合就很想掀桌子，遇到撇清自己跟所有做砸事情关系的人，很想让他到门口找一棵歪脖子树解决自己算了。你来工作，是为了演琼瑶戏的吗？事情一遇到挫折，进行不下去了，先撇清跟自己的关系，都不是你的问题，都是别人的问题。这个世界，只有弱者才会为自己的失败不断找借口，那是掩盖自己懦弱的最好粉饰。

用户思维

当接到任务的时候，我们需要建立一种思维叫：用户思维。你把你的上司你的合作伙伴都当成你要服务的对象，当你做出一个表格或者一个 Word 文档，你站在对方角度去思考一下这个问题，他拿这个表格是为了干什么的？如果我这么做这个表格，他要找什么信息的时候会不会很方便，他使用这个表格的时候是否顺手，这个表格是否有一定的隐秘性，是否需要制作对内对外的版本？

你需要多想一两步，而不是，我让你做个表格，你拿到这个任务后，你就把信息堆积上去，而我根本筛选不到我想要的信息。乔布斯为了苹果用户使用起来无比流畅，先把自己当成一个目标客户，不断地试用苹果的各项应用，才会变成伟大的苹果，虽然没了乔帮主的苹果日渐萎缩，不得不说，相较于以前的其他手机，苹果是最具有用户思维的。

反向确认

如果你觉得你对老板的任务，理解不是那么透彻。你要学会反向确认，虽然开始你的上司可能觉得你这个人怎么那么钝，也总比你按照错误的思路做下去，直接被老板骂得狗血淋头好。

如何反向确认呢？老板布置了一个任务，你按照你的理解复述给你的Boss听，老大你是要我做这几件事对吗？要求是这样的对吗？如果你真的理解力缺失，或者你的老板每次布置任务你觉得不明确，想办法说服他啊！

不要怕犯错，不做不错，但是也不会有进步。你想成为什么样的人，你就得经受什么样的挫折，你说你小富即安就好了，那么你也别给合作伙伴以及团队添堵，如果你说你有职业理想，那么就对自己狠一点咯。没有什么成功是轻飘飘的，在这个时代，机会主义的机会越来越少了，你首先得有点才华。

学习反刍

牛有四个胃，然后呢，会把自己半消化的食物再次从胃部返回嘴里咀嚼，获得养分。什么意思，貌似学了那么多的东西，实际上没有浸入骨髓，还不是你的，拿出来多复习几次，多咀嚼几次，说不定有新的体会、新的想法、新的发现，也更巩固了这些知识点。

我小时候，爸爸老跟我说，睡前多思考思考，把自己今天做的事情，像放电影过一遍，反思可以改进的部分。我爸爸每次跟我辩论问题的时候，永远说不过我，不过这个事情还是蛮受用的，我现在每天晚上睡觉前，还会这么做。

获得信任

本来这一Part想写情商在线，后来想，情商这件事很难学习模仿，搞不好东施效颦，出来乱恶心人。我就改成了获得信任，多一些真诚，少一些套路，就想着合作的对方是你的初恋对象，你有万般的好，都想施与对方，最低成本的社交就是真诚，这一点很难传授，是你无数次的学会与自己相处，与他人相处；是你不断地寻找的一种方法，少拍一点马屁，先把事情做漂亮。

机会主义者善伪，言必恶心众人，拍马屁的最高境界其实是真、善、美。

没有人生来就是强者，强者之所以为强者，是因为战胜了你认为的困难，而强者的意识里，只有：怕什么，踏过去啊！

你是如何被投资人搞得一副思春的表情

投资人的钱没有那么好拿，这是一个大前提。这不是一个钱从左口袋到右口袋的事情，我觉得这个前提和初心要摆对。

约谈只是开始

有些投资人说：我对你这个项目还比较感兴趣，所以来聊聊。这就好像谈对象，看着这姑娘挺美的，我先撩着看看会不会有惊喜，这个所谓的惊喜，大概就是指有没有什么新的商业模式、创新的地方。别人找你约谈，这只是个开始。别人对你表达兴趣，这只是个可能性，你别一副隔壁二妮儿被隔壁二狗子看上的思春表情，你自己有几斤几两重，项目在什么阶段，有什么 BUG，自己最清楚。谈判的最基本的姿态是知己知彼。别被隔壁二狗子一夸，你就找不到北了，觉得自己原来真的就是个天仙妹妹，终于被懂行的人发现了。

这跟谈恋爱是一个道理，投资人跟你聊，只是因为你看起来很美，可是要我投钱，要我们俩绑一起携手并进共度美好生活，我还得瞅瞅你这人、你这项目、你这团队有没有大毛病。万一你只是看起来肤白貌美腰细腿长，可都是假的，只可远观不可亵玩，那投资人也不是吃素的，铁定躲得远远的！

觉得你不错，也可能是客套

通常，我要把钱投进你这个项目，少则三五百万，多则三五千万。不会有土豪大发慈悲善心，为了拯救创业的你于水火，大手一挥就给你一张支票了。这就是在做梦呢！投资人要给你钱，问的问题一定不会柔和。因为投资人得知道，你这项目是不是经得起推敲、经得起考验。如果我把钱给你，我肯定希望你做大做好，变成独角兽最好。一个劲儿地夸你这项目彻头彻尾的好，完美得跟女神似的，多半是个打着投资人旗号骗吃骗喝。这种人业内也爆出很多了，各式各样的。

投资人挑的刺儿，一定是你当下的一些毛病，等你做大后影响发展的。当你这项目是亲闺女对待的，这才是为你好。不想投你的，觉得你要死不活都跟他没有半毛钱关系的，才夸你夸的没有什么节操，尽挑好话说。

你得清醒认知

就跟生一个孩子一样，你说你生一孩子，一生下来，就会走会跑会唱会跳。那不是哪吒就是妖精。一个创业项目一定是在实践过程中不断完善的，创始人得脑子清醒点，格局大点，知道自己大毛病在哪里，现在优势在哪里，如果投资人给了钱了，你会用在哪里，怎么用。

有时候，我就觉得有些创业者自己太能白呼了，面对着投资人一堆辞藻的堆砌。大数据，云平台，颠覆行业，撼动 BAT。你这么聪明机智凑不要脸，真的不应该跟我一起聊天，我觉得我害臊配不上你的智商。咱们就脚踏实地的几个维度的去分析分析，说点实在的，投资人也不傻，一年遇到三百多个你这样的二货，是涵养告诉我们要忍住别发火。

女创业者最会被煽动

首先，女人是听觉动物没错，很多时候男士做得好不如说得好。问你她美不美的时候，你就得装眼瞎说她美。问你她胖不胖的时候，就得憋着实话说，你这样最好了！

其次，女性最容易情感上被煽动，投资人一般是男的，说几句好听的，她们就很傻很天真的都信了，智商在那个时候，就是那么的不在服务区。所以在职场上，我向来不相信有男女之分。一个强大的职场女性，就应该有男性的思维，女性的身段，化百炼钢为绕指柔。

在创业的时候，女性的特质不会变啊。女性还是最愿意听好听的，最相信那些男性投资者说的这些那些，忽悠忽悠就都信了。今天那谁谁说了要投我们了！真是被你的天真无邪打败了，从开始说投你，到你拿到钱，那是一个漫长的过程，谈判不止一轮，事情不止一件。有很多拿到ST的，还特么不给钱呢。沉得住气一点好不好，也清楚地知道自己要什么好不好，最起码能想到如果这位大爷只是说着玩投你们，你还能想到Plan B。

这年头吹牛又不需要付钱，我今天说投你五百万，明儿你把爷伺候高兴了，我说投你五千万。反正我也没有这么多钱，我说出来让你高兴高兴，又不会真投。从你开始融资到你拿到钱，你见个一两打甚至更多的投资人都是正常的。当然，我们也不否认有一些很好的项目，很快拿到钱了。永远记住二八定律，优秀总是少数。

前几天有个项目跟我说，一位男投资人要投她们项目，我说祝贺你。毕竟，人家这么开心，我也没有必要非要一刺刀见血的说出事情的真相。过了两个礼拜，那位妹妹黯然神伤地告诉我，那个投资人不准备投了。

我心想，掐指一算就知道了。你这项目连个像样的东西都没有，你就想拿钱了。真当中国满大街的天使投资人啊。总有天使替我爱你啊！在中国真的没有什么真正的天使投资人，投资人只愿意锦上添花，谁特么没事雪中送炭。投资人又不是慈善家！

隔壁的故事

你是如何被投资人搞得一副思春表情的？项目做不好，商业模式没办法形成闭环。你还是隔壁二妮儿，不会因为隔壁二狗子的一句：老妹儿啊，处对象不？你就麻雀变凤凰了。别脑子里都是些青蛙变王子、灰姑娘穿水晶鞋的戏码。你妈没告诉你童话里都是骗人的吗？！

所有的绝望，都从那句“算了”开始……

你对所有事情的失望与无奈，大概就是内心默默对自己说：算了。那一刻开始，你想说就装作与自己无关吧！

你说，算了。在你第一次觉察出爱错人的那一刻。

是啊，他对你若即若离，是啊，他似乎爱搭不理，是啊，他对你熟视无睹。哪里出错了呢，没有错啊，只是两个好人，未必能得到一个好的结果。

你说，再坚持一下下吧，或者，我还不够好。可是，傻孩子，这个世界上哪有所谓的极尽之好，你的好，如若他认可，就是大好，不管如何，都是恰如其分的爱。如若他不认可，哪怕一分，都是画蛇添足。

你失望了，有一天看到了他和别的人在一起，春风拂面，牵手相拥。

你说，算了，对啊，还能怎么办，那就算了。

你说，算了。在你那么努力的想得到一个结果，却发现落入旁人之手。

长大之后，才发现小时候即使有太多的作业，太多的考试，相比成人的社会，还是要轻松太多。对啊，努力就能一百分嘛，认真学习，就会有好结果啊。

入了社会，你发现，为什么社会的题目都那么难答对啊！这样也不是，那样也不对，哪里出了问题吗？ 你没有错啊，只是你不是社会规则的制定者。你发现无力感怎么来得那么快，那么多啊，招架不住啊！

你绝望的是，你那么努力地想做好一件事，想得到一个肯定，一个结果。你觉得你拼尽全力，可能都不及领导的一句话。所有的努力、激情、拼搏、向上，那一刻烟消云散。

嚯，不服吗？社会会告诉你，你不服，并没有什么用。

你说，算了。命运好像就是如此的对你不公。

你觉得，好像是有一个叫命运的东西，那个大手，在操控着你的过去、现在、未来。所有的勇士落寞，都是相信命运那一刻开始。那时，他们放下了手中的武器，接受了命运安排。

你落寞的是，对啊！曾经意气风发的少年，就这样暗淡离场。

你说，算了，对啊，这都是上帝的安排！

是呀，你不知道哪一件事情，就变成了压死骆驼的最后一根稻草，就变成了你踟蹰很久的抉择，命运的箭头奔向了另一个结果。

可是，你不甘心啊。你对自己说，再坚持哪怕那么一小下下。

你想知道自己的边界在哪里啊。

你就想说，试试嘛，更大的舞台嘛。

你就想说，玩儿嘛，命运到底有多少种可能嘛！

如若，我们不逼自己一下。

爱情，工作，家庭，未来……那么多小怪兽等着你去打，那么多关数要你闯。

如若可以，我不想你就这样，在无奈的当下，在想放弃的那一刻，内心默默地对自己说，算了！

创业葵花宝典

1. 要试图去教育投资人，他们一年撸上百个BP，见上百个创业者。都自己带小雷达，感知到你值得投，或者不值得投。看看面相，就知道你的短板可能在哪里，这不是大仙算命，这是量变质变。

2. 先有造血能力，再说诗和远方，并且如果你想做一个big business，一定要有诗和远方。如果你只是想做一个买卖，那么两块钱买进五块钱卖出，赚个差价即可。

3. 什么见到投资人就说，我活不过下月了，求你赶紧给我融资吧。投资人不是慈善家，他本质上是个生意人，我们只愿意锦上添花。永远别把希望寄托在别人身上，靠人不如靠己。

4. 创业早期有太多钱，未必是好事。因为日子太好，你发现你的斗志有可能会松懈，很多好的创业企业都经过置之死地而后生，那是快感；你克服常人所不能忍，你是涅槃。

5. 学艺术的，内控一般做得都不好。本质上学艺术的是个匠人，好一点的是artist。focus在如何能做一个好的作品，让他们管人，往往失控。

6. 创业团队的构成很重要，里面的要素，我很惧怕都是一种出生。都是技术，都是管理这样的出身即使都是清华北大，MIT出来，都未必能干好一件事。这就意味着他们的长板类似，他们的短板相同。我们需要落地，也需要画饼的，我们需要不一样特质的人，用在合适的地方……

7. 都是阿里或者都是腾讯出来的也不行，感觉格局大了去了，动则要干一个颠覆 BAT 的也吓人。不是你在 BAT，你就能颠覆它们，在这几个公司里面，你也就是个螺丝钉。而且每年他们进进出出那么多人，主管、经理常常就是一个光杆司令。

8. 在创业这件事上需要 stay foolish，stay hungry！

5
读灿烂的书

要读过多少本书，人才会变得有趣？

有一天有人问我，对你影响最深的三本书是什么？总觉得这个时候，不说点 bigger 高的作家都不好意思称自己读过几本书。我以为会是李敖、马尔克斯、陈丹青或者什么村上春树、川端康成、泰戈尔。后来，我仔细想想，对我影响最深刻的几本书，在我的孩提时代，应该是幼儿园时期的《十万个为什么》、小学时期的《百科全书》以及初中时期的《新概念作文大赛》1—4 届合集。

这几本书对于我来说，就像每个时期认知世界的态度。幼儿园时期，翻的最多的大概是《唐诗三百首》和《十万个为什么》，还有我爸买的各种字帖，其中最有名的叫庞中华。没有人教你，自己坐在那里拿着描红纸慢慢的一笔一画地写，唐诗的字都认不全，《十万个为什么》的字更认不全，还好有图。认得几个字的时候，就能明白上面说的大概是啥，求助点父母，算是断断续续啃下来了。我完全不记得那书里说了什么，只记得封皮的样子，囫囵吞枣，不求甚解。

说起来，我现在还对世界抱有强烈的好奇和探索之心，想来与此不无关系。认知世界的方式：打开、探索、相处。《十万个为什么》打开了我认知世界的触角，虽然被应试教育荼毒多年，还好我不是学霸，还好我对世界抱有敬畏之心。即使阿姨我要步入而立之年，仍然不改顽童本质。我不能说这样就是好的，但至少我很有乐趣。

小时候我爸爸自己买了很多书，也给我买了很多书。最牛逼的是，我爸有个在新华书店工作的哥们儿。几乎每隔一段时间，我爸爸就会跟那个叔叔借很多书给我看。所以，小时候看书我几乎不挑，家里有的就拿来主义。杂志、名家大作就算了，我家还有什么《食用菌栽培》《生活的100道菜》《武林》《×× 氏太极拳》《名家字画赏析》……诸如此类乱七八糟的书，然而我也没有什么节操的都去翻一翻。

所以，我自带技能六岁煮出我人生第一锅饭，自己在厨房捯饬捯饬做出来，被周边邻居广为夸赞。巅峰时刻在高中，因为有个爱做好吃的老爸，自豪技能，书中曰：少许，能恰如其分，后来此技能卒于大学。想来是我爸买的菜谱，把我培养出了这种慧根。

某一年六一儿童节，作为一个儿童，很孤独的在家看《大风车》。这么一说，就有年代感了，因为前几日董浩叔叔都退休了。只能感慨，时间如高铁，岁月如动车。董浩叔叔、鞠萍姐姐、金龟子简直是我国少儿节目的三位泰斗。我爸爸给我买了一套《百科全书》，哇塞，简直是那个年代最贵的书了。然后这套百科全书，就伴随了我剩余的小学时光，我真的都翻遍了。在那个时期，我快要去长大去好好认识世界的时期，《百科全书》带给我的，是一个世界的框架，不算清晰，但是会很全面，那是探索世界的起点。

初中的时候，新概念作文大赛简直就是亮瞎了全国教育界。语文老师单独拿出一堂课来说这个事情，那个时候我认识了韩寒，然后怀着崇拜，度过了我的少女时期。新概念作文大赛的1-4届的比赛合集我都买了，并且翻遍，很多好的文章，不止读了一遍。里面汇集了来自全国各地的中学生在诉说着他们的爱恨情仇。你会发现，全国的中学生，有骑自行车上学的、有坐公车上学的、有住校的、有喜欢日剧的、有喜欢HOT的、有喜欢村上春树的、有喜欢泰戈尔的、有熟读《资治通鉴》的、有喜欢李敖的，也有喜欢张爱玲的……

通过文章里每个人的诉说，你发现了很多不一样看待世界的角度，你觉得这些真的好有趣。这些文章里面，其他同龄人会提到自己在看的书、电影及玩的游戏。你会通过他们的描述，去买那些书、看那些电影以及玩那些游戏。好吧，你就拥有了至少两个看待某个事情的角度。我觉得在这个时期，我收获的是多元看待世界的角度。那是一种相处，学会和不同观点和角度的人相处。

人到底要读过多少本书、走过多少的路、看过多少的风景、打开多少感知的毛孔，才会变得有趣？小学最爱的还有《世界五千年》，每周必买的杂志《演讲与口才》，所以后来做了培训师，是偶然中的必然吗？高中开始投稿杂志，一度还有读者来信什么的，小骄傲了一下。大学最喜欢看电影、影视类的书籍，什么视觉残留啊，蒙太奇啊，大摇臂啊，分镜头脚本啊，都是那个时候落下的病根。大学后期喜欢看美学类书籍李泽厚、朱光潜、宗白华、克罗齐，最近感兴趣社会心理学以及经济学。

后来吧，乱七八糟的书没有少读，我觉得读什么书不重要，重要的是我们还没有失去探知世界的能力。虽然读过几本书，但读过的书越多，会发现没有读过的书也越多。可是，我们不急呀，慢慢来！

读灿烂的书

读灿烂的书

这句话来源于南大张异宾老师的一句演讲。他说：在南大要读灿烂的书。听闻这句话，觉得自己被点亮了。

书还是要好好读的。因此，在新浪微博开了个读书频道。或许有平行世界的另一帮人，跟我一样也爱这一等一的好事儿。

不灿烂的书

《罗辑思维》B 轮融资估值十三个亿。我觉得《罗辑思维》确实给很多不看书的人，养成了每天早上刷牙洗脸间，获取碎片信息的渠道。估值十三个亿，确实有点吓死宝宝了。

微信群里，掀起了《罗辑思维》的讨论热潮。总结下核心观点：看传统纸质书的瞧不起看《吴晓波频道》的，看《吴晓波频道》的瞧不起看《罗辑思维》的，看《罗辑思维》的瞧不起不看书的。《罗辑思维》这种碎片化、低端的轻阅读市场，居然能存活于世这么久，还估值十三个亿，真正是得屌丝者得天下。古往今来，中国社会，从陈胜吴广起义到太平天国甚至到新中国成立皆为如此这般。

这么说来：《罗辑思维》《吴晓波频道》，甚至我老大袁岳的公众号都显得好像是在读不那么灿烂的书。

鄙视之情

《罗辑思维》与屌丝文化，虽屌丝已是不分褒贬，大多数人乐于以屌丝自居。精英也好，屌丝也好，标准很难界定，大部分仍然是自我界定，何况这个本身就是相对的。我老大袁岳多次在演讲中强调，得屌丝者得天下。现在的屌丝，就是未来的中产阶级。

碎片化阅读未必不好，总比那些连获取外部信息都不愿意的人强。这个世界从外部获取知识的渠道原本就是多元的，我应以宽容的心对待别人探知世界的方式。为什么会有人要鄙视呢？看书是我一直在强调的事情。但是并不能得出一个结论，就是读书多的人比读书少的人高尚吧！

爷爷奶奶辈虽获取知识不及今日的你我。但是，心地善良，道理通透。有的人读的书多了，反而成了精致的利己主义者。

教育之殇

听《罗辑思维》的人，虽知识水平远不及大学教授，在细分领域终有些独到之处。中国的年轻人，大学毕业就几乎不读书了。这时候该说到教育问题了，中国的中小学生看的书，按照纯数量来说，不会低于世界平均水平的。那是，我们每年要买多少学习参考书轰炸啊。论质量来说，你说学习参考书也能称之为书。大学扩招后，到底是谁的问题？小时候没有养成读百家书的好习惯，成年之后哪里那么多自觉性再去探索。入社会后，读书无用的论调比比皆是。到底是谁的问题？

再说大学课堂，大学教授鱼龙混杂，照本宣科的大有人在。我都读了十二年的死书了，我好不容易披荆斩棘步入大学校园，大学老师教我的知识论调还是我几年前甚至十几年前的基础知识。那感觉，不就是不管读的文科理科，其实都在读历史书嘛！互联网时代信息发展这么快，望诸位老师也与时俱进一点。教育之殇，了了课堂，听者尚少，不及罗胖，拥护者众多。细细想来，知识文化的缺失，确是始于大学教育，后湮于社会。这恰恰是大学之己任，任重道远。

学之大者，治国之道。而中国的年轻人们，学之小者，尚为就业奔波。

人性之厄

当读书不再被值得炫耀的时候，大学教授在自省的时候，其实这个社会又会上一个阶层。我们都是“咋呼”的一个社会人。很多农民，有了钱从“村里人”变成了“城里人”，完成了社会地位的逆袭，就是阶级地位乍好。很多人以前没钱，大家都穷，九十年代初下海，那就是乍富起来。更多人可以上大学，社会阶层莫名高起来，乍看觉得自己是半个知识分子。其实，这一切都是然并卵带着深深的自卑的情节，爆发出来的情绪。

当我们觉得读书就是读书嘛！大学教授就是大学教授嘛！扫地阿姨也是非常欢乐的嘛！社会的多元化是可以被接受的嘛！我觉得那个时候国人的心理才算是稍微健全一点。

我们看《罗辑思维》也好，《吴晓波频道》也好，我对我自己的要求也是如此，人生哪里有那么精彩，得坐坐冷板凳好不好。特别在别人极尽谄媚你的时候，冷静地想想自己到底是什么。

读书的动机

如果你善于去悟，到处都是学习，读书只是其中之一途径。读书对于我去衡量的大部分人来说，提升的作用有限，读书对于普通人来说，书读多了，能够容易做到该闭嘴的时候学会闭嘴。这就是内化的修为。

读灿烂的书吧，也不要放弃其他探索世界的方式。

当我们在读书的时候，我们在读什么?

很多人问我读书有用吗?

三毛说：书读多了，容貌自然改变。很多时候，自己可能以为许多看过的书籍都成为过眼云烟，不复记忆，其实它们仍然是潜在的。在气质里、在谈吐上、在胸襟的无涯，当然也可能显露在生活和文字中。

那么，当我们在读书的时候，我们到底在读什么呢?

我们在品味孤独

魔岩三杰的张楚有首歌《孤独的人是可耻的》。年少的时候，视为《圣经》。对啊，孤独吗? 你得多讨人厌，才会孤独，无人搭理呢? 后来，发现根本不是那回事儿。孤独是一种品质，品味孤独更是一种直面内心的方式，捧起书的那一刻，你的内心是宁静的，至少是渴望宁静的。内心宁静方能致远；致远干吗呢? 会豁达、会幸福!

我们在打磨自己

很多人说发现书看了其实和没有看真没有区别。我们这样认知读书这个事情会不会更好? 首先，它只是一个消遣，不必上纲上线。立意如果这样，我们内心会不会更轻松一点? 看书一定会有代入感，会有某个时刻打动你，我们试试用色笔画下来，强化这种感受。最后，趁热打铁稍微写点感受。有则多写，没有就不写。读了很多很多书之后，表面上觉得一无所有，其实已经内化为修为。看了那么多书之后，会发现对生活的感知，变得细腻而丰富。能品味出，青草的香、风的柔、雨的媚以及大自然种种的美好。

我们在读方法论

成年人的世界没有容易二字，当我们发现现实让我苦恼，也无处与人说。不妨去书里找找答案。要相信你的苦恼，在人类漫长的岁月中，绝对不会是个别案例，先辈或者前辈们早已将答案写在书里。或者书里没有标准的、直接的答案，但是给了你另一个视角、另一个思考角度。它或者就是你的突破口。

我们在遇见更好的我

古人云：书中自有颜如玉，书中自有黄金屋。黄金屋是你因为读书构造起来的独立的价值观、世界观。那是我们在通俗的皮囊下，装着更丰富的自己，我们也因此看到更美的世界。颜如玉则是因为读书而潜移默化改变的心性、容貌。腹有诗书气自华，你待人接物的方式，你说话的腔调都因此春风化雨，润物细无声。内化的东西会比表面的浮华走得久。读书，会造就一个气质的你。让你变成一个有温度懂情趣会思考的人。

喜欢读书，就等于把生活中寂寞的辰光换成巨大享受的时刻，孟德斯鸠如是说。而我以为读书是一种心灵松弛之术，当你情绪低落的时候，去吃很多好吃的、逛夜店、血拼，也许能缓解一时的不开心，但剩下的可能还是长久的空虚寂寞冷。真正的“息”是照料“自心”，让心灵松弛才是王道。读书会是一种“息”，因为心灵会沉淀、会对话、会碰撞！

让我们一起在书的世界里，愉快撒欢儿……

来半城，读灿烂的书！

做读书会，是我多年来一个小小的愿望，我想结识一帮志趣相投、温柔有力量的女性。因为读书，她们不管世界多喧闹，都能不慌不忙前行。我觉得平行世界一定有一帮这样的女性，跟我一样也爱这一等一的好事儿。机缘巧合，我认识了南京大学朱虹老师，还有她的半城读书会。我觉得自己是特别幸运的，因为慢慢努力，我的世界都在慢慢变成我想要的样子，我把它归结为读书后内化的力量。

很想在宇宙中心呼唤下：来半城一起读灿烂的书吧！

我们缺阅读吗？似乎并不缺。每天我们都有大量的轻阅读，来自微信、微博，这些碎片化的东西终不能算灿烂的书。因为，不能照料到你的灵魂，轻飘飘的手一滑，一页就过去了；地铁上、办公室里，没有读书的仪式感，更加没有深入内心的力量；公关场合也有拿着手机认真阅读的。凑近一看，多是些不知名的网络小说。女生，看看霸道总裁爱上灰姑娘的故事，然后你能瞥见那一丝花痴的神往。男生，读着某不知名大型穿越奇幻武侠小说，那一番刀光剑影，多半是为了弥补现实生活中卑微屌丝的自己，也幻想着某一天会天降神兵，让老子升职、加薪、当上 CEO，迎娶白富美。

这些终不能算灿烂的书，只不过让 YY 更 YY，让梦想更远离。所谓灿烂的书，是让你能够灿烂的面对生活的书。透过这些文字，这些作者是在做一些引领，引领我们对生命的探索，能赋予你坚定的行走力量，坚信生活的美好，让你能体验花的香、草的绿、太阳的光，生活简单细碎的美好。透过现实的蝇营狗苟，心中还是有诗与远方。

灿烂的书，可以是大师之作，经历岁月与历史的变迁，大浪淘沙，历久弥新。比如：林语堂《生活的艺术》、木心《文学回忆录》，前者告诉你生活的一些哲学，后者架构了宏观的世界文学。灿烂的书，可以是某本畅销书，能打动你的情绪，引发读者情感上真善美的共鸣。比如：大冰《乖，摸摸头》。灿烂的书，可以鸿篇巨制，也可以是报刊的某个不起眼的版块。我想，是否灿烂取决于读者和写作者之间的情感互动。我小学的时候读《挪威的森林》，根本不懂什么意思，对那个时候的我来说，它就不能算灿烂的书。但是，大学再拿出来读，能体会其中对人性的探讨。于我而言，那时才能算灿烂的书。我们不能说《小时代》不是灿烂的书，读这些书的小朋友确实会心生一丝向往。去伪存真的事情，我们还是不要替 90 后操心了，或者某一天他们也会理解到什么是灿烂的书。

信息爆炸时代，人类过多的获取无效信息，我们增长的是筛选信息的能力，我们弱化的是生产思想的能力。国民劣根的人云亦云，在这个时代好像凸显得尤为明显。读灿烂的书，我们不缺信息，我们缺的是角度。井底之蛙的视角是有趣的、精致利己是有趣的、窥视嫉妒是有趣的、逗 × 傻 × 装 × 是有趣的、撕逼爱好者是有趣的、宇宙中心呼唤爱是有趣的，每一个视角都有有趣的地方，人类因此才多元丰富。真善美、假丑恶都是视角。

王朔在《致女儿书》中写道：你必须内心丰富，才能摆脱这些表面的相似。煲汤比写诗重要，自己的手艺比男人重要，头发和胸和屁股比脸蛋重要，内心强大到混蛋比什么都重要。这句话，我一直奉为真理。内心丰富，强大到混蛋，是因为读书建立起来的独立的世界观与价值观，那是面对世俗的莺莺燕燕，我还不忘孩童的初心。

来半城吧，聚集一帮爱读书的女性朋友。她的意义在于，不只是一个读书会，还寄托着都市女性的诗与远方。趁阳光甚好，微风不燥，一起来半城读书吧。室外再喧闹，而这里都是另一番光景。世间喧嚣，此处幽好！

吴晓波 VS 罗振宇丨 2017 开卷有益

古人说：开卷有益。意思是说，打开书，总会有收获。于是，吴晓波老师和罗振宇胖子，深谙其道，做了跨年演讲。我必须得承认，我不算一个很有仪式感的人。一到法定假日，世界喧嚣的时候，我就会窝在家里，琢磨一些我平时想琢磨的事情。这个开年，我把琢磨两位老师的演讲，作为我 2017 年的开卷有益。

点播量

吴晓波老师 12 月 30 日直播，目前为止爱奇艺点播量 5.5 万，有 3 页的留言，现场观众 1 千人。罗振宇 12 月 31 日直播，至今为止优酷点播量 8 万，有 10 页留言，现场观众 1 万人。

论开场

我对于吴晓波的阵容颇为青睐，毕竟袁岳是我亲老大，我是看着曹启泰的综艺节目长大的。吴老师用了卓别林的老电影里面的插曲《Smile》作为开场。港真，这真的是一个撇情怀的好机会呢！刚被吴老师搞起来一丝丝的气氛，被一群乱糟糟的穿着中世纪礼服的牛鬼蛇神坏了赶脚，跳了个不明所以的舞蹈，完全不知道为什么，然后三位主持人的寒暄就开始了。看完之后，十脸懵逼。

罗胖就干练多了，一个短短的回忆过去一年时间的纪录片的回放，铿锵有力，没有一丝多余，《时间的朋友》开场。观众被带进一个意境，充满仪式感的，有内容的跨年活动开始了。

论内容

在内容提纲方面，我觉得总体是有很多类似的地方的。都提到了“黑天鹅现象”。

所谓的黑天鹅事件，是指非常难以预测的，且不寻常的时间，通常指会引起市场连锁负面反应甚至颠覆。其中都包括：特朗普当总统，英国脱欧，AlphaGO 打败李在石。

吴晓波老师几个关键词：新锐中产成为主流，工匠精神再造国货，跨境并购倍级增长，人工智能穿透产业，资产市场频繁换壳，理财恐慌持续蔓延，新型垄断挑战公平，全球通缩正经动荡。

罗振宇老师几个关键词：时间战场，服务升级，智能革命，认知税，共同体危机。

其实，他们很多内容是交叉重复的，只是从不同的维度去阐述。比如：关于消费升级以及服务升级的事情，关于人工智能。很大不同在于吴老师和罗振宇的阐述方式，罗振宇一直在说人话，深入浅出。吴老师一看就是学术派，用词相对专业、精准。不过两人都在不同的地方说到了这样一句话：万物皆有裂痕，那是光照进来的地方。所以，这应该会成为未来一年的时髦话吧！

吴老师活动的彩蛋我认为是《我的诗篇》的颁奖活动。我看《我的诗篇》泪流满面，在这样的时代，在工人里面，我们还有这样的诗歌，他们没有被现实压垮，是非常宝贵的。这真的是一个非常有情怀的事情。我还记得第一次看到《我的诗篇》的导演吴飞跃的场景，一个非常谦和的青年。

罗振宇的彩蛋我认为是王石。男神，虽然碎碎叨叨，跟你唠嗑一样。说着一些朴实的道理，他说你要学会跟别人吃饭，这是一个做很多事情的载体。让你好好睡觉，这是一个好心态的表现。王石依旧很帅，在践行着实力让情怀落地。

论表现形式

吴晓波老师的团队，我就一句话，请把摄像师以及现场导演拖出去斩了。吴老师讲啥，PPT 我完全看不到，我都不知道在说着啥。罗振宇的团队还是不错的，绑定了深圳卫视。镜头切换自如，还用了大疆无人机，能捕捉到一些观众的反应，还不错。

本质上，他们都是内容的生产者，是知识的供应商。不管《每天听见吴晓波》还是《罗辑思维》，我觉得他们都是很棒，有这样的人带着我们探索这个瞬息万变的世界，没有答案，一直在探索，这就很好。

就像罗胖所说，看电影是一个有风险的事情，同样，看他们俩跨年演讲也有一定的风险。各位，在时间成本有限的情况下，我建议，如果看视频可以选择罗胖的跨年演讲，吴老师的听听音频就好了，因为直播的质量真的太差了！

6

态度即正义

内心尚未崩坏的地方

深更半夜，曾经的实习生发来微信：

因为玩《王者荣耀》，我和我闺蜜掰了。

不得不感慨，《王者荣耀》是如此神奇的一款游戏，简直就是情感的试金石啊！

小朋友絮絮叨叨说了一下事情的经过，因为自己玩得差，吃饭的时候就想表达，大家可以带我玩一下嘛！闺蜜表达了，你不会我带你啊！等真正要上场的时候，闺蜜丢了一句，你会让我掉级的！我不跟你玩儿！

小朋友质疑说，一个连掉级这种事情都畏惧的人，友情如此经不起考验，为什么要做我的闺蜜。沉淀了十几年的穿开裆裤的情谊，一晚上崩了。

有时候我就很看衰友情，不是我看衰友情，你们自己想想，曾经所谓斗志昂扬的要跟你做一辈子好朋友的男闺蜜，有时候还不就是他空虚寂寞冷的时候的备胎，一旦找到女朋友，这个楚河汉界划分起来的速度，让你咋舌，前一天你侬我侬，跟你聊人生、理想、考研、未来，还不是因为不想猥琐的只和自己的左右手寂寞相伴。

不是我看衰友情，我可能更看衰女性之间的友谊。是张爱玲说的吗？忘记了，女人的友情就像修饰得很漂亮的高脚杯，好看易碎。你瞅瞅你们从小到大失去了多少曾经一起连去个厕所都要相约相伴手拉手肩并肩的小伙伴。你们多少人的友谊输给了嫉妒？我貌似混得比你好，你就离我越来越远，我貌似混得不如你，我也不想给你添麻烦。你生了孩子，全副身心，我孤身一人，挣扎在梦想与现实的拉扯。

不是我看衰爱情，中国人有多少人看见过爱情？很多还不是抓瞎结了婚。惧怕去婚礼现场，都搞得跟私人庙会一样，婚庆公司也是不动脑筋，所有的套路简直如出一辙，连顺序都不带换换，我妈妈开始参加婚礼的时候每次都哭，重复给我听那个父母养育孩子不容易的场景，互相拥抱什么的。后来，见多了也开始免疫了。

我一朋友，到了适婚年纪，缠绵了那么久的一个女朋友，不知道怎么就掰了。去世纪佳缘找了一个看着凑合的迅速就结婚生子，过往那一页说翻就翻。我们永远有比爱情更重要的现实要经营嘛，至少我们老是希望在大众眼里，我们看起来无比真诚，无比符合生存的节奏、规则，我们才能免于世俗的慌张。

不是我看衰亲情，中国很多家长对于儿女的态度，不是一味付出，就是当成赚钱工具，结婚索要一大笔财礼跟卖女儿一样的，见得多了。要不就是，我有钱，你记得活成我要求你的样子，你要是叛逆，冷暴力伺候啊，我从此以后就不是你爸爸妈妈了。我前两天，也不知道起什么幺蛾子，去染了个粉红毛，我妈妈看到微信就骂了我连续十几条语音，骂得真难听，我就把朋友圈对她屏蔽了，骂的时候感觉骂隔壁王老二一样的。

所以，我们会在很多鸡汤文里看到，最好的爱情是旗鼓相当，最好的友情是棋逢对手，最好的亲情是与时俱进。哪有那么多最好的状态？ 多少次你以为你遇见了这辈子最好的爱情、友情，你们信誓旦旦地跑来跟我说：小野，这次遇到的跟以往的都不一样，我觉得他真的是一个特别好的人。下一秒，你沮丧的被打回原形，说着那孙子怎么怎么套路你的情感，不过是利用你达成什么目的。

如果你身边有让你此刻觉察出世界美好的人，无论感知的是爱情、亲情、友情，我认为都不应该被辜负，因为拥有过也感受过，总比一直 YY 要好！

我们总爱在戏剧里、歌里，去追求友谊地久天长，爱情永垂不朽，是因为难能可贵，我们一直在追求永远。追求永远，是因为我们想维护内心尚未崩坏的美好。

所谓彩虹，不过是光，只要心还透明，就能折射希望！

C 大调的人

此刻我坐在高铁上，去往杭州。一座文艺的城市。听着小野丽莎，总觉得不应该辜负生活在别处的时光。抽离出某个当下，思绪就像开了闸，都蹦跶出来了。C 大调的人。我想这个人的存在，可以是你心灵深处对话的自己，也可以是你真实存在的一位挚友。

跟自己对话

我们应当适时跟自己对话，那是一种自省的过程。我们走得太赶了，我们忙于应酬、忙于工作、忙于人际，我们有记得忙下自己的心灵吗？ 想想多久没有沉下心来去好好读一本书，梳理下你的心灵，生活需要一些仪式感。读书是一种仪式感，很多人问我，为什么我读不下去一本完整的书？因为灵魂躁动，无法专注。健身也是，写字也是，选择一种你自己认为可静心的活动。不需要人云亦云。

跟闺蜜对话

身为女性，对于女性朋友之间的友谊，其实不那么看好的。看到太多好的穿一条裙子的闺蜜们，然后，在某天之后，突然悄无声息的离去，不知所以。所以我常常说女性之间的友谊，一如修饰得很好看的高脚杯，里面装了浓郁的红酒。某一天碎了，曾经的美好荡然无存，红色的液体祭奠着过往的美好。所以，我一直劝解身边的朋友们，活在当下也珍惜当下。即使有一天因为不明原因分崩离析，我们还会惦念着彼此经历的那些美好，那些你教会我的事情。

如果身边有位闺蜜是极好的，女生对于不爽的事情，要的就是倾诉。你可能不要说什么，耐心地听，适时地骂。然后，报以微笑，抱以理解。

人生苦短或者人生冗长，完全取决于你当下的状态。参照爱因斯坦的相对论来说，若你春风得意马蹄疾，那么你就会觉得日子飞逝如迅雷不及掩耳盗铃儿响叮当。若如履薄冰，那么门口的野猫看你的眼神都带着轻蔑，此时你可能有一种心态叫活腻歪了！其实，生活还得继续。只不过人生很长，我们也会活腻歪了，需要点出口。活腻歪了，好像听起来很负能量嘛！相信我，月有阴晴圆缺，人有悲欢离合。荷尔蒙也会跟着月球对地球的引力作用发生些许变化。没有人要求你一年三百六十五天天天牙齿晒太阳。所以，偶尔有活腻歪的想法是很合理的。

我觉得此刻需要感谢闺蜜们，有你们世界多了一种快乐叫吐槽别人，世界多了一种安全感叫还好有你在。感谢你们在我败犬的时候，听我抱怨，给以怀抱！感谢你们在我得意的时候，没有浅薄的妒忌之心为我喝彩。

跟蓝颜知己对话

我觉得每个女性朋友都需要这样一个生物的存在。这个存在区别于男朋友，区别于老公，区别于备胎，也区别于中央空调。之所以做如此多的界定，因为这个生物存在，一不留神儿就能发生些化学反应。

所以，且有且珍惜。首先，此人最好人生段位比你稍微高点。那么，当你人生迷茫，工作失意，跟诸位闺蜜抱怨完，蓝颜知己还能陪你喝两杯，然后还能从这儿索取点理智的方法论。其次，此人得稍微情商高点。得接点地气，不然你吐槽得如火如荼的时候，此人还在心系魔兽，心系NBA，心系AC米兰、尤文图斯之类。第三，具备辩证唯物主义价值观。通俗点，具备客观公正分析事情的能力。区别于闺蜜们的非理性抱怨，和男朋友的无原则认同。另外呢，应该还可以具备其他特征。这就跟调味品一样，根据每个人的喜好酌量添加。

C大调的人，我大概只想说，我们需要这几类朋友，而我的这几类朋友，在我生命流淌的岁月里面，感谢你们在我人生的某段岁月里，陪我一起，回归自然、追求理性或展望未来。

C 大调的城

脑子里面时常有一些思想的碎片，但是独立成文，还是需要一些有态度、有结构的文字。那天下班，一个人在老门东的星巴克前坐了几个小时，不做别的事儿，就看着来来往往的人们，和听隔壁桌儿的聊天。蹦出了这几个词：C 大调的城。C 大调是一个平稳、中庸的白色调性，如同山谷般的宁静和晴朗，就越发中肯的觉得我所在的南京是一个 C 大调的城。

算一算，来南京快十年了。这个城市承载了我最迷茫青葱的岁月。曾经一起看演唱会的少年，怕是在南京的某个角落结婚生子成为孩子他爸了吧？曾经打工的女仆咖啡店，好像换了好几个地方。曾经，我们穿越整座城市去参加的 china joy 的比赛。曾经一起在学校操场喝啤酒的人们，是否还记得曾经激荡的岁月。这十年，是找寻自己的过程。是追求人生如何变得更有趣的十年。这个十年，不断地有人跟你 say hi，或因为些什么 say goodbye。你检索出你人生的方向了吗？或者给你个参考答案，你会更有启发吧！

做不裹挟的自己

你的人生只有你自己可以负责。你的父母会老去。你的看似好心善良的亲戚，所有的劝解都是为了让你活得像一个普通人一样。你不是流水线上的产品，你生来这个世界上不是为了完成规定动作的。学习、高考、大学、工作、结婚、生子，活着的意义是什么呢？就是把所有人都刻画成一样的你我。我们巨有安全感的和周围一样的自己相视一笑。大家都一样，对，就是这样。

做不将就的自己

有些事情，我们不做，其实不影响什么！但是做了我自己心里就觉得舒服一些，不为什么，就做了就好了。比如王石爬珠峰！每个人都会有一些莫名其妙的执念。我们也可以上班、下班、孩子、票子，这样其实很快一辈子就过去了。你可以将就着过一生，也可以换个视角看世界！做一些小狂野的事情。再不疯狂我们就老了！做不将就的自己，把你这辈子想做的疯狂的事情都一一做了。人生终有句号，一切都带不走。唯有狠狠体验，狠狠记住那些个过往，他们或痛或喜或感伤，但是都教会你成长！

做有趣的自己

身边一些单身男女，单身的原因有很多，有一条很关键即不够有趣。我们会很喜欢跟有趣的人在一起，这些有趣的人跟他们在一起每次都有新的尝试、新的思想或者会给你带来一些新的启迪，我们乐于跟这些人交流。这些人有个特点：就是全面强于我们想象的人。不管与他们待多久，总有新鲜给到你。一个无趣的人，就是全面弱于我们想象的人，跟他们待一起，一次比一次失望。要做到有趣，首先，要有格局，不然所谓的有趣可能是各种低级黄段子的加持。其次，要做一个有心人，留意身边的很多新鲜好玩儿的事情。最后，多体验多分享。要对这个世界充满敬畏和好奇。培养一项爱好吧，你也会因此变得有趣和闪闪发光。

做最土逼的自己

To be or not to be，土逼或者不土逼。

To be yourself！所以做最土逼的自己吧！

小时候就不喜欢做跟别人一样的事情。初一就跟王小波学了个词叫特立独行。这么多年不管是不是标榜，都不是一个真正意义上的好孩子。喜欢剑走偏锋，路走小道。看到不一样的风景，让内心丰盈。坚持不被裹挟，不将就内心。做最土逼的自己！

这十年，南京安静地陪伴着我成长。跟我一起追求理性或展望未来。陪伴是最长情的告白，却在无形中，影响着我变成现在的模样。文笔或者观点会有一些不成熟，希望也给各位人生前进的道路上增加点不一样激昂的小曲儿。

文艺青年这种病

世界需要文艺青年

昨天朋友圈分享了一首歌《宝贝，我不再是穿着花裙的小傻×》。

一位姐姐说：觉得你有文艺流氓的潜质，类似张玮玮、李志。

曾有人说我是文艺青年。我觉得我不能算是个典型的文艺青年，顶多算是个喜欢文艺的青年。然后，加上一点儿痞气，顶多算是个文艺女流氓。

因为以下场景和我无关。

穿粗棉布花裙子，出门拍照要单反，必定大柔光。拍照就是四十五度仰望天空，伸出手掌。

以下这些与我有关。

爱读书，也看村上春树、岩井俊二之类的文艺挂。听民谣比听流行音乐的时候多。好妹妹、低苦艾、李志也听。看一些拧巴的文艺片，写书评、影评，有时候自嗨，写点儿不成文的小诗。闲得无聊也会去豆瓣看看。

我想这个世界是需要文艺青年的。

一群有趣的人

我想世界是需要文艺青年的。因为，这个世界太喧嚣了。喧嚣的一到傍晚，全国各地的广场上都能聚集着一群类似的大妈，放着固定的几首歌，跳着一样的广场舞。

陆小远老师说：如果在广场舞大妈和文艺青年之间做一个选择，他肯定选择后者。

他这个看似不靠谱的例子，恰恰是在说：文艺青年和广场舞大妈一样，是个很大的群体。但是，就二者的有趣度来说，显然文艺青年更可爱一些。

真正的文艺青年是有趣的。

他们的功能太强大了。他们可以拍出很有 feel 的照片。

他们可以做出很好看的羊毛毡作品，他们可以做出很美味的蛋糕。他们看不一样的书，体会生命的美丽与哀愁。听陈老师的《旅行的意义》，看不一样的风景。

他们让我们看到生活的不同立面，他们是有趣的。

浪漫主义情怀

文艺青年大都有一种死不悔改的浪漫主义情怀。跟文学艺术这些无用之用谈一场至死不渝的恋爱的感觉。前提是这个文艺青年，懂一点儿文学和艺术。

对美好的东西、对生活都有一些超脱的小执念。会有世界那么大，我想去看看的情怀。钱对他们来说未必是最重要的，也能穷游一下大半个中国。他们更在意的是心灵的洗礼和净化。

每当我被世俗裹挟的时候，我是会羡慕他们这种超脱的小执念，或者称之为初心。

生活的仪式感

我们的生活太速食了。一切都以快捷、便利为首要目标。我的一位同事，甚至觉得食物只要是热的就好了。

我们用着一次性的筷子，用着快餐盒。我们品味不出食物的好与坏。

生活需要一点仪式感。因为，我通过一番折腾，做出来色香味俱全的佳肴。那是我透过对食物敬畏，料理它们来感知生活。

看过《深夜食堂》的人也许能体会，这种速食时代，追求仪式感是多么重要的事情。可能是匆忙的我们最后一丝喘息的空间。那一刻，我有停下来，感知生活。

文艺着你的文艺

现在我们说伪文艺是可耻的。我们说的文艺不是阳光正好，微风不噪，仰望四十五度的天空。去书店看书只是为了拍照，并不看书。摆拍的伪文艺青年，我们只能称之为岁月静好婊。

文艺也不是你说一些世人读不懂的话，就感觉自己逆行在整个星球。我们反对标签化，贴标签的行为不过是人类社会追求认同感的站队。不管文艺青年还是文艺老年，真正热爱文学艺术之人，都活在自己构建的“无用”的世界里，静静地看着那些标榜自己文艺青年的人装逼。

飘在空中的伪文艺就是自己玩儿自己。成人世界的孩子们，看得到世界，美丽与哀愁才是真文艺。那是有温度的文艺。

性冷淡风 VS“凑表脸”

意识流二次元写手，总会脑子里有些乱七八糟的东西。

比如：脑子里突然冒出来的性冷淡风与“凑表脸”。

时尚界流行性冷淡风，创投界流行“凑表脸”。

纵观美学历史，大众审美基本上都是社会心理的反馈。比如：女性地位不高时，就不能穿很暴露的衣服，也不能穿裤子。女性地位上升后，女性才可以穿裤子，当然还是由裙裤慢慢变成现在意义上的裤子。又比如：近来流行小鲜肉，男性越来越秀气，从审美上来说是中性风盛兴。从社会心理学上说女性地位崛起，女性拥有自主选择权，我们进入了男色消费时代。物质基础决定上层建筑，什么审美即什么社会。

性冷淡风，大概是让人看了没什么情欲的色彩与款式的衣服，对号入座无印良品的衣服。扑克脸、黑白灰、宽大的廓形、冷峻感、特别不待见人的感觉。性冷淡风，是女性意识的再一次觉醒。跟以往强调低胸、紧身、S 型曲线的女性形象比，性冷淡风是不刻意迎合男性，外形上甚至追求和男性相差无异的感觉。

性冷淡风格的流行，是具有一定的叛逆意识的，社会上风评甚好，且判定为是一种高级的风格。一部分是极简主义 less is more 的体现，另一部分原因为只可远观不可亵玩的女性，男人都觉得是高级的。性冷淡风的社会 OS 大概就是：老娘就是这么高冷！当我跟我的朋友探讨的时候，她则认为，性冷淡风以及女权主义都是伪命题。这个行为本身就是对男权的崇拜而变得想像他们一样。

不管怎么说，冷淡风好像现代人出去打怪的盔甲，把自己伪装得刀枪不入，才会显得更加强大。缺什么补什么，脆弱的现在人，越是要把强大放在地球人都看得到的地方。还是那句话，什么审美意识，什么社会心理。

“凑表脸”即臭不要脸。耳边常有人提醒，脸皮值几个钱，别那么在意。意思是说，做创投的就得把自己放低点，多尝试、多碰壁、多“凑表脸”，才能把事情办成了。“凑表脸”的行为，我倒是觉得体现了一种有礼有节、坚持不懈地去推动事情往自己想要的方向发展，而非真的死乞白赖、臭不要脸。所以，简言之，做创业的人不能偶像包袱太重。

这是个变化太快的社会，因此我们没什么安全感。在一个没有安全感的社会，我们把自己装成不好惹的冷淡感，我们又要战胜那个小小的自我，“凑表脸”的去实现我们所希望的未来。无论是性冷淡抑或是“凑表脸”，这都是现实在教会你成长，没有成长是平静的，必须连着现实的血肉。

全民鸡血

鸡血不是自说自话

每个人拿着项目、拿着title、拿着蠢蠢欲动的心，说着粉饰的话，期待着夹缝中生存。有时候说不定是自说自话。所有的创业者，在表述问题的时候，请让周围人体会下，这是不是刚性需求。即使讲故事，你也得能说服别人吧！

互联网经济的泡沫到底有多远

资本们，膀大腰圆，老子有的就是钱，你项目呢！投进去就要有回声呀。可是，还不是那点儿裹挟，那点儿在中国激荡三十年后的不安全感。这年头发财，还不得指着老天爷赏口饭吃的谦卑。

你活得这么拘谨，你们员工造吗?

传统企业不会死透，但是如果不转型会生不如死。一大帮眼看着步入老年的员工要养，而没有蓬勃的生产力。看到一种企业我就皱眉，你结婚了吗？你生孩子了吗？你稳定吗？你以为现在企业生存是靠天收啊？ 不敢用90后的企业，惧怕90后的企业，是在惧怕变革、惧怕创新、惧怕未来，未来注定不是70后80后的，每一代都是时代的浪花，会被拍死在沙滩上，尘归尘土归土。

每到这样的冬天，我就想归隐山林

人啊，要坐坐冷板凳，才会在这个鸡血的时代，知道自己是个什么东西！

路人甲的自白

人为什么要工作呢？记得初中教科书上说，人有两种属性：自然属性和社会属性。工作是为了实现社会属性中的社会价值。得以此，人类社会才会进一步发展下去。我是个打了鸡血的人，一睁眼就在想今天要做什么事情，也不爱睡懒觉，带着一颗敬畏和好奇的心去探索世界。

我常常说：我是幸运的，想着想着就成了。毕业后在零售行业待了四年，萌生了试试互联网行业的心，于是觊觎了一年，也实现了。看起来似乎没有费多少力气，其实绝非偶然。很相信袁岳老大说的那句：这个时代梦想实现的速度在加快，因此想显得尤为重要。自认为不够聪明，一直感恩比我聪明的人赏我口饭吃，期待有一天实力能让情怀落地。不裹挟，不将就！

离职那天，看着激光笔、小蜜蜂、音响。

哥说：你这是要永远地告别培训师舞台了吗？

我说：也许并没有，未来会有更大的舞台。

初中时候有句非常有名的口号：心有多大，舞台就有多大！

以前觉得这很鸡血，现在发现这是胆识。

旁人眼中、世界眼中，我们都是淡定的路人甲。一个人精神能力的范围决定了他能领略多少高级快乐的能力！很少有人能了解我们所建立起来的小乐趣及其内心的丰盈！

今天，一番探讨，一群根正苗红的人，一次加班，快乐于细处不过是如此的纯粹！有些事情我们不追求意义，我们只追求惬意！似乎也没说什么，却也豁然开朗！生活有时候是矛盾的结合体，很多问题很多烦恼，生活哪有什么胜利可言？ 活着、探索着、意味着一切！

人生都会有倦怠，那就用野火烧不尽的耐力，跟人生谈场恋爱吧！人人都在书写历史，或微不足道，或来日方长！

这是一碗鸡汤，并没有任何砒霜！

太多的执念是因为放不下

太多的执念是因为放不下，可是生活不是戏剧，没有那么多圆满的结局。看了太多的人，为了理想，在现实的夹缝中生存。可是我们终究是世界的孩子，我们没有选择稀疏平常的做一个上班族，日复一日。所以，我们会孤独。别人冠以情怀二字，而我们却要为此付出很多。因为，那不是一眼到头明朗的道路。

照平是一个充满故事的男同学吧，身上有一种质朴和真诚。传说，某一年照平骑摩托车去西藏，一路感慨，怎么摩托车老坏。可我理解，那就是执念的代价啊！小孩世界的执念是，我长大后要穿很多漂亮的衣服，吃很多好吃的东西。大人世界的执念就是，世界这么大我想去看看。那些飘散在世间的人们，有的这里闪着光，有的那里闪着光。然后，我们会想这个世界好有趣。

照平说：我要做艺术。于是，就辞去了某区域销售经理，圈养了很多的小朋友进行艺术创作。去了照平的郊区大别墅，还有那一群艺术的小盆友。每一个小盆友在我的脑子里留下烙印，因为我觉得似乎看到了曾经纯真的自己，眼神里面没有杂质。

对于搞艺术的人的好感，来源于小时候，一直浸泡于此。这么多年，没有动笔，不知道童子功是否还在。看了淑媛的画，我说，笔触不够明朗。还有别的画吗？我想看看。每次看到这种东西，都会手痒地想去画两笔。

照平是福建人，长得特别不像福建人。一件复古的牛仔衫，一顶礼帽，勾勒出一个艺术文青的姿态。旁边坐着淑媛、牛力、天路、阿标，一水的90后，照平像一位父亲照顾着这些孩子，且我坚信照顾得很好。任室外的那个世界多么车水马龙，灯红酒绿，这里没有被打扰。我也会想，照平这样会惯坏了这群孩子们，世界真的没有这么美好呀。这组织跟黑眼睛人文旅行真像，一帮凌乱的中年大叔，带着一帮天真无邪的孩子探知世界的剧本设定。

照平给我们炒了几个菜，那一盘从家乡带来的小鱿鱼，虽常年出差吃过不少新鲜的鱿鱼，但是，那一刻我觉得是天下最好吃的鱿鱼。一部分因为食材是照平从家乡带来的，一部分因为照平手艺，一部分是因为当下的人，很纯粹的感觉。

清醒的时候情感很细腻的好人，一般喝完酒，酒品都特别差。醒着的时候太在意别人的感受，醉了的时候，他们要卸下那些，做一回自己。照平就是这样的同学，据说喝完酒六个人都搞不定他。我数了数现场的人，有七个人，应该搞得定。喝到微醺的时候，我已然感觉到照平的酒品太过一般了。

照平喝完酒说：以前觉得自己特别牛逼，做点事儿只要努力，所向披靡。后来越来越发现不是这么回事儿，会有挫败感，会不知道该怎么办。我说：那就是成长啊。小时候，你觉得只要努努力就可以考一百分，中学你发现你即使再努力也很难拿一百分，到了社会你会发现，舞台在变大，难题在变多，我们在成长，我们只能宽容地对自己说，我在我能努力的范围拼尽全力。很有可能我努力了半天都不如一个拼爹的。

生活的一半是制造麻烦，生活的另一半是解决麻烦。也可以说，生活的一半是遇到小怪兽，生活的另一半是打怪兽，通关升级。在这个过程中，有一些怪兽挂了，也会有一些如你我稀疏平常的人挂了。所以，要庆幸我们还有奢侈追求执念的机会。

照平的艺术大招在不知火舞的自制硅胶手办，一个八十厘米大小。当我看到那一排不知火舞和墙上挂着的漫画人物五官绘制的标准图的时候，我还是小小的被震惊了一下。虽然，以前也浸染过二次元的圈子。

照平的大别墅有个阁楼，如果能看星星会不会更棒。在那里放放歌，弄点暖暖的地垫，天冷我们冻成狗。但是，抽离着说说平时不会说的心里话，却是个特别好的地儿。照平说，我其实是个自卑的人。可是，谁不是呢？每个人都是自卑和自信的综合体，只是我们在不同的领域自信，在不同的领域自卑。你有你的一方小天地，那是一个你说起来会眼里闪着光的地方。

生活里，我们有太多的执念。用恶俗的话说，我们会期望那些执念，在未来遇见更好的自己。这个美好，可以是外化的相貌，也可以是内化的修为。我们是放不下梦想、放不下情怀、放不下曾经挚爱的妹子、放不下逝去的友情。其实，我们唯一放不下的是我们自己，我们怕辜负了这美妙的人生。

我们要趁年轻，折腾吧！放弃吧！折不折腾是态度问题，折腾成什么样是能力问题。我们曾经经历的每一个过往，都会渗入你的血液里，感知到生活的大美。未来的某一天，我们喝过大酒，回忆起来的都是美好，即使是不够完美的，却是鲜活的。

字典里面这么解释：执念是一种态度，对待自己、对待他人、对待社会、对待生命的态度，也是对个人存在的证明，更是对某物或某人或某事特别执着，当执着过分的时候就会有怨念，唯有放下执着才会自在。可是，我反倒认为：唯有执念，方有鲜明的人生。这个世界美好在，已经把梦想的力量发挥得很大了，只有你想不到。

生活很妙，从大金陵来上海的时候，我觉得我应该会有很多的不适应。但是，我如鱼得水，我认识了很多有趣的人，发现了很多有趣的视角。周围那一群充满故事的男同学女同学让我为之感动。

美学大家朱光潜说，情感的生活胜于理智的生活，慢慢走，欣赏啊！

台湾才女陈文茜说，人要慢慢走，灵魂才跟得上，切莫让时光怠慢了幸福！

今夜，让我们干了这杯，为了执念以及恶俗的情怀！

脸呢！

想说这事儿好久了，一直不知道怎么下笔！偶像包袱太重了，写点儿东西总要构思好久！

小时候学素描，老师说画人物“三庭五眼”是最标准的脸型，这样可以称其为美。然后自己还没事儿比比自己的脸，是否符合这标准。长大后发现美是一个太主观的东西，可能这人的脸完全不符合“三庭五眼”，但是也不妨碍人青春美丽。

小说里形容漂亮美女是瓜子脸，塑造一个人大义凛然的英雄主义形象多半是国字脸，可爱的就得是圆脸或者鹅蛋脸，或者是我本山叔的“猪腰子脸”，抑或是更加妖孽的鞋拔子脸。

后来，有一些新的脸型出现，比如范爷的锥子脸，感觉是鹅蛋+蛇精脸的组合款。近年来盛传一种脸型更是骇人听闻：网红脸。网络上红的明星的统一造型的脸，一字眉，大眼睛，欧式双眼皮，锥子脸。天啦噜，宝宝完全分辨不出这些脸的差异，会得脸盲症的有木有！

就跟麦当当肯德德的套餐一样，中国哪吃都一样。这些网红多半整的貌美，然后经营着一家淘宝小店。当然其实本身不美也可以，在淘宝上的卖家秀还可以通过亚洲四大神术之一的中国PS神技！私以为，网红脸的流行，从内心深层次来说，是社会审美的缺失。也就是说这些人本身没有审美能力，在被动接受社会的标准。

时尚这件事，真的只能等不能追！追不过来的，今年流行网红脸，你整成这样。明年要是流行鞋拔子脸，再整也挺困难的！要学会欣赏自己的美，而不是追求世界大一统的美。走在都市的繁华街道，常常觉得女性是被复制粘贴出来的，一样的脸、一样的装束、一样的包，都是被一本流行杂志教育出来的！我要再说网红脸的坏话，你们一定会说我嫉妒的！

很多女生去整容。割个双眼皮尚能接受。整容成瘾，每个部件儿都要动一动，我觉得就病态了。连直面原本自己的勇气都没有，那么更不用说有勇气直面惨淡的人生与社会。再说说整容医生，大部分整容医生只有数据美学，并没有审美美学。

走进手术室，不过是流水化作用，产出一个符合医学研究数据的人。眼角开多少度合适，鼻子侧视多少角度漂亮。我觉得这个世界不缺少美女，缺的是有特色的美女。不符合锥子脸、尖下巴的这种整容医院教唆的单一审美，我们可以美出各种样子，让人印象深刻。

每个女人首先要坚信自己是美的，我们要美在独特。吕燕是美的，因为独特；林青霞是美的，因为英气；朱茵是美的，因为柔媚。世界上并不需要那么多范冰冰，况且范爷之所以成功一部分因为颜值，一部分因为拼命。脸嘛，face = 费事儿，怎么折腾都不为过。

7
野段子

曾经，你是不是喜欢过我？

大狮子座的生日月，我妈总愿意给我庆祝阴历生日，为了好记，总告诉朋友阳历生日，然而我身份证上是错的，在八月下旬。因此，每年我也很纠结，总要持续庆祝一个月。以前我妈妈总会帮我张罗，后来独立生活后，好像每年的生日都在忙碌的工作中度过的，逮着谁跟谁过，我觉得这样也蛮好的，日子啊，稀疏平常，一日一日。

今年的生日，就跟一个约饭很久的朋友吃了饭，聊了点人生，没有什么波澜，就这样也过来了。

后来，工作后认识了几个同事都在一天过生日，好像多了记挂的人。

凌晨，曾经的实习生发来信息：大微辣（vera）生日快乐！

我其实真的忘记了，我在想我最近的 to do list。

忙忙碌碌的工作，似乎让你觉得淹没了，淹没在琐碎中，北上广深的人流中，好像电影里面的蒙太奇，背景是川流不息的人群，你的视线清晰、模糊，消失在地平线。

实习生觉得我太平淡了，问我，你会做什么有仪式感的事情吗？

我非常可笑的说了句：看书之前喜欢洗个澡。

她纠正道，我是说生日当天，你会做什么有仪式感的事情吗？

你们会有那个时刻吗？就是被问到了，想了很久。

岁月静好，静好也是吞噬。

我就在朋友圈发了条动态，你们认为过生日的仪式感是什么？

也不过是：要吃蛋糕啊，要买花啊，要有趴体，一定要有银行的通信公司的通知短信，撸个串，唱个歌。

唯有一个妹纸回了一个：一日三餐。

实习生问我问题的当下，是因为她做了一整套的生日当天的行程。主题就是要在她二十三岁生日这天表白暗恋多年的哈佛男神，她约了哈佛男神吃饭，然后表白，然后可能会有一个没羞没臊在一起的 happy ending。

我非常支持她的举动，我觉得年轻人不要怂啊，怕什么啊！最坏也不过是被暗恋的拒绝而已，还可以喜欢别人啊。那种，想跟喜欢的人表白又怕拒绝的心情，那种，所谓少女怀春的心情，娇羞又怕失去，欲拒还迎，欲言又止的病，不就是青春吗？人生有大把时间 YY，可是把 YY 变成实践的机会不多啊！

仪式感少女，跟我半夜三更憧憬了很久明天表白后的种种。第二天，沮丧的跟我说着故事，她酝酿了几个月的决心，在得到男神的回复后，彻底的像泄了气的气球，蔫巴极了。因为，男神说，我到现在都不知道自己的取向是什么？这个回答以辩证的角度来说，简直绝妙。避免了死缠烂打的可能性，避免女生的伤心，反正我得不到的别的女生也得不到，多赞。她做了一万种的预测，却没有猜到这个结局，哈佛的脑洞果然超凡，答案都不在她的射程范围内。

朋友圈有人回忆说：无意中看到一个同学十多年前的 QQ 签名：你给我一个拥抱，我丢掉车票——想了一下，记得他毕业前想要一场“黄昏恋”，和另外一个系的小圆脸女生，彼此都有点“大学不谈个恋爱就白上”的同感，就抱团取暖，好上了一阵。毕业时工作不在一起，他在上海，她去了深圳，小圆脸女生赠给他一本安妮宝贝的《告别薇安》，他送给小圆脸女生一本《电磁波FDTD原理及应用方法》。一晃十多年，有谁记得昨日时光与浪漫。

你还记得你初恋的名字吗？你还记得那些你暗恋、明恋的过往吗？

你还记得，是否有那么一个人，当你需要个夏天，我会拼了命的努力！

会在哪一个当下，你没羞没臊的圈着你好朋友的脖子，半真半假地说：

曾经，你是不是喜欢过我！

走过最险的路就是你的套路

走过最险的路就是你的套路

你的朋友圈有没有这样一类人，但凡要新建一个群，他要加遍所有人的微信。验证的时候，各种和群主攀亲带故的验证消息，“我和 ×× 是好朋友”，maybe 我们未曾谋面或者只见过一面。“我是 ×× 的合作伙伴”，maybe 你只是想找我合作，八字还没有一撇。诸如此类，总之就是要用各种方式加上所有人，不出一个礼拜，你看见你的好友、合作伙伴、顶头上司及敬重的前辈都成了共同好友，你看到他故作热络的回复每一个新加的好友朋友圈，极尽谄媚的话语，一副普天之下都是王土的派头，特别勤奋的点赞。

可能你朋友圈还是有一些优质的资源的，他通过你的关系认识了，然后就架空你的存在，迅速的去开展了一些合作也好、勾搭也好。有人跟我说，这种现象叫钻营，也有人跟我说这种人叫有侵略性。

如果加上这些人的微信，就进入了他们社交的套路，如若你的手上还有一点资源的话。请你吃饭、请你喝茶、请你做一切能迅速将这种弱联系变成强联系的套路。

人生如戏，全凭演技

虽然，我上文用了“他”，但是实则生活中这种现象的主角多为

“她”，这些人主要来自二三四线城市的女生，在交友的过程中，特别有侵略性，目的性极强。连续好多天，都有人跟我吐槽这类人，以前好像也不以为意，火力一集中就勾起了我的某些思考。

这类人可能长相不十分出众，但是至少对得起观众，美图秀秀加上略微妆容，还是说得过去的，在男人面前就是小白兔，一副快来疼我，一副卖萌要求宠溺的模样。对优秀的前辈一副见谁都是男神、女神地乱叫，很有可能连这个前辈是谁或哪里厉害也不知道。对没有主见的人，我就是你的精神领袖，快来圣母我的怀里超度，说着五毛钱的鸡汤，肯定是哪个微信公众号的“深度好文”。如果发照片朋友圈可能只P自己的，整个照片传递出“错过我，你就错过了全世界”，“你看只有我最美，其余都是将就”的即视感。

她们好像很善于演，各种角色的切换，精分到分分钟打脸，也挺乐乎的。搁宫廷戏里是不是都是那种特别狠的主儿啊，跟华妃似的，好像也不能笑到最后。舞文弄墨好像也不太行，但是一定是别人朋友圈以及微博的优秀搬运工，一副云淡风轻的状态。我们应该把这种行为称之为八面玲珑的沙文主义或者叫交友的“左”倾主义？八面玲珑好不好，我不知道，我对待朋友向来就是你开心就好了，有一点可以肯定的是八面玲珑的人一定是对自己本身不够自信和认可的，是对自己无法周全周边事物的一种恐惧。

套路玩得深，谁把谁当真

我为什么要写这个现象，是因为最近扎堆有人跟我抱怨这一类人。本质上，这些人的存在会有多大的杀伤力，其实也没有。这些人通过朋友的链接去刷自己的存在感，更全方位的利己主义，好像也没有啥大错。我们应该归结为这是一个度的问题吗？可能是的。交朋友的目的是什么呢？仅仅是为了达成自己的目的，最后可能没有朋友。

当我看透身边一些事情以及人的时候，我的鸡皮疙瘩都竖起来了，因为发现曾经友好的朋友比我想的要狰狞得多，我们应该理解为人性之恶吗？没错，确实是每个人都在探索成为更好的自己，但是不该是建立在损人利己的基础上。

越高知越白眼狼，每个人都要生活、生存，但绝逼不是为了变成精致的利己主义者。

该配合你演出的我演视而不见

说实话，确实是每个人的生存以及生活压力不一样，还有就是每个人的欲求不一样。所以，每个人对特别多事情的态度不一样。生活中太多的套路，我始料未及，写了大半年的公众号，越来越多的人说喜欢我，可能并不知道我什么风格，我写过什么。成长的标志就是，你洞见一切、觉知一切，却不曾想每件事都说破。赤裸裸的说别人的不是，我们自己也未必就是完美的如乱世里的一股清流。

这是个问题吗？似乎也不算，应该古已有之，以前通信不发达，大家很难发现。而朋友圈将一切都放在桌面上，无所遁形而已。通信的便捷，速食了一切关系的建立，这可能是加速的建立，也可能加速的瓦解。我们因为需要一个圈子，所以进入了一个圈子或者建立了一种社交联系，现在相对于过去更方便与其他人产生连接，一切都变得透明的组合！

人与人之间的关系若要产生，除了撩和被撩，好像也没别的途径了。我们总要做选择题，或者少一点真诚多一点套路，或者多一点真诚少一点套路！既然我们不是这个世界规则的制定者，那么就只有放宽心和规避一些不必要的麻烦吧！因为一定有很多事情不在我们的可控范围内。如果你觉得这样攻击性很强的朋友你不愿意去搭理，那么就“该配合你演出的我演视而不见”吧！

诗和远方都是假高潮

S 小姐是我的人生导师，因为她勇敢做自己。而我经常把所谓的孔老圣人的一套：“孝、悌、忠、信、礼、义、廉、耻”长挂心间。我太想勇敢做自己了，每次都怂，屈服于各种淫威。而 S 小姐，总是遵从本心地拒绝一切妖魔鬼怪，我因为长期受牛鬼蛇神的鞭策，也练就了玉女心经，自带小雷达，屏蔽想屏蔽的，接受想接受的。

子曾经曰过：人生打怪不带几个装备怎么行。

虽然小时候都是学习艺术的宝宝。但是，我觉得 S 小姐更适合做一名艺术家，因为艺术家就得在这样的人世间，红尘做伴活得潇潇洒洒，策马奔腾共享人世繁华，对酒当歌唱出人生喜悦，轰轰烈烈把握青春年华。祝 S 小姐在艺术的道路上，继续添砖加瓦，争取早日成为德艺双馨的艺术家。

我就活的俗多了，做培训师。看似引导别人如何好好地把事儿给做了，把人生给摆平了。其实，自己还稀里糊涂，大写的懵逼呢。后来，又随了袁岳大人做创投。觉得自己像极了中关村的创投 boy 们，动则千万估值，ABC 轮融资，满嘴都是项目。不同的是，我们真落地，段子里描述的中关村 boy 还有很多是骗你喝咖啡、骗你请吃饭、骗你大保健的。比如，最近特别有名的一个创投 boy 叫刘青云。请自行百度之，就是骗吃骗喝好手。

锤子手机的老罗说：创业的路上风景差得让人只想说脏话，但创业者在意的是远方。王思聪讽刺罗胖卖情怀，默默地想说：都是出来卖的，谁比谁高洁啊！只不过一个卖手机，一个卖女人（网红）。许巍的歌里唱：生活不止眼前的苟且，还有诗和远方的田野。那么你告诉我，多远的远算远方，什么样的活法叫诗歌，你就发现你也说不清楚。你发现人生想到达却未到达的地方叫远方，理想中的生活方式叫诗，你发现诗和远方就是人类自己 YY 出来的假高潮。

假高潮以前是个两性词汇，现在引申为一切自个儿跟自个儿耍，然后自嗨的行为。

假高潮挺好的，你看粉丝们追星很多行为都是假高潮。我要睡鹿晗，我要睡王凯，我要睡 TFboys，我要睡吴亦凡。不然，我国繁荣的粉丝经济怎么繁荣，都要粉丝的假高潮撑着呢！我喜欢你，不求回报，无怨无悔，不管你对着台下谁笑，我都觉得老公你在对我笑！迷妹们就靠着这样的信念，活得多有信仰。有位前辈说，追星那都是心智不成熟的表现。我就特别想反驳，要心智那么成熟干嘛！

心智不成熟不是什么不好的事情。你发现大多心智不成熟的人充满想象力和做事的热情，也有探险的精神。生活不是一个完全追求结果的事情，世俗的价值观在 95 后、00 后这里都是扯淡！大家都不完美，何必互相苛责。最不喜欢家长站出来说：现在的孩子啊……然后摇头……就想告诉全天下的叔叔阿姨，每一代都说一代不如一代，也没有见世界毁灭啊！

变成大人多无趣啊，老教唆一些自以为对的道理。这个时代变化这么快，你不好好学习，还用二十年前你爸爸妈妈的道理教你的孩子。动辄就是：宝宝你要好好学习啊，妈妈这辈子就指望你了。天天搁家里看韩剧，给孩子买一大堆书，孩子念不好书，就说你看隔壁某某某。隔壁某某某的妈妈可不是只会淘宝、逛街、看韩剧啊！少女情怀总是诗，因为我们没有完全见识到世界的残酷，所以我们还有浪漫、还有希冀、还有美好。家长作风总是以“我是为你好”开头的句式，去扼杀你的天性，艺术有什么好的，学金融啊！

从孔圣人就开始忧国忧民地说：世风日下啊！好的时代已经过去。爷爷辈在说：毛主席时代多好啊，没人敢贪污作乱，生活作风也端正。搞对象都叫你同志，为了革命我们在一起，多纯洁。每个文人在心里都渴望回到梦中的“黄金时代”，我们觉得苏格拉底时代是美好的，我们觉得曾经的巴黎是美好的，我们觉得文艺复兴时期是美好的，那是因为我们不曾触摸过，他们也有残酷。

伍迪·艾伦的《午夜巴黎》那部电影，讲述了一个年轻人对巴黎的热爱，同时也阐释了一种夸张，别人的生活总是好过自己的生活的幻觉，因为这种幻觉而产生了生活上的矛盾与不安。主人公对于巴黎很向往，觉得那才是最好的时代。于是穿越回了菲茨杰拉德的时代，在那里邂逅的美女却选择回到了1920年的巴黎，以为那才是所谓的“黄金时代”，而那时的人民更怀念1890年……

剧中有句台词：如果你留在这里，这里就变成你的现在，不久以后，你就会开始想象另一个时代才是黄金时代，这才是现实，不尽如人意，因为生活本来就是不尽如人意的。我们的朋友圈总不是在秀认真的工作及长时间的熬夜。我们秀出来的就是美食、美女、美景。一些分辨能力低的同学会以为别人似乎一直在玩，别人的生活总是令人羡慕的。

所有人都会说我们最好的时代已经过去，我们在这样人心不古的时代里面苟延残喘。可是一个时代的好坏都是相对的，每个时代都是最好的时代，也是最坏的时代。我们不用这么自怨自艾地去苛求你所处的时代。与其苛求时代，不如苛求自己。每天在微博、微信、淘宝中浪费生命，然后做着一夜暴富、一夜爆红的春秋大梦。

这个世界很现实，但我依然要做身上有光的人。多读点儿书吧，你会灿烂许多。

人生最留恋者过去，最希冀者将来，最忽悠者现在。

女汉子简直就是对女性的最高褒奖

周五，我办公室的好基友虎子大人去看了金星的现代舞秀，散场后路上一阵语音分享，说第一个舞用高跟鞋作为舞蹈的主要元素，女性开始穿着高跟鞋，一番挣扎后，抛弃了高跟鞋。我说，高跟鞋肯定是女性的象征，抛弃高跟鞋是女性勇敢做自己，放弃取悦男性的一种方式。当然，现代舞千人千解。第二个舞是说一个同性恋的内心的挣扎，特别痛苦。很能理解，当同性恋发现自己的生理性别和社会性别不一样的时候，也和普通大众认知的男性女性不一样的时候，肯定是会恐慌、挣扎的。

而我今天照例去了渡口读书，今天渡口分享的主要内容，是女权主义以及《雄性衰落》这本书。应该说，我们今天感受的艺术形式不一样，但是，都说了同一件事情，就是女权、同性恋、男女之事儿。今天去渡口书店，小小的店铺，容纳了三十多号人，因为没有位置，一部分站着，一部分坐着，盛况空前。如我之前预料的那样，谈《雄性衰落》，满满当当的女性中零星地点缀着几个男性，我想他们是勇敢的。

今天我想说说女汉子，女权主义崛起后，女汉子简直就是对女性的最高褒奖。作为一个从小被叫作姐，现在被叫作哥的，江湖地位一直撼动不了的食物链顶层的女汉子。这个题目我真的想说很久了……

首先，我觉得这个词带有明显的直男癌的气息。bibi 出这个词儿的男生，内心得多弱啊，好像是为了维护男权的至高无上的地位，硬掰扯出来的词语。我们想象一个词语产生的场景：男生和女生在一起干活，女生表现出来的能力，超出那个男生，男生出于对自己男性尊严的维护，就戏谑地称呼自己的女同事为：女汉子。这个词语产生于什么样的语境下呢？就是女的怎么能比我这个男的强呢，即使这个男人的能力渣成鹅，我也是男人，男尊女卑也是我国传统文化中非常著名的糟粕了。

大部分浸染中国文化的男生自然是不愿意娶个女汉子回家的。我想每一个女孩子本质上也都是愿意自己是骄傲的小公主的。但是当我们在面对团队工作，有很多责任的时候，我们不愿意去拖累整个团队，我们总觉得再坚持一下吧，都会过去的，我们总愿意把工作做得更圆满。一次又一次的坚持，男生觉得哟，你什么都能扛，什么都能做，于是就变成了女汉子。而中国男人总在工作中谈男女平等，在家庭中谈以夫为贵，所以，动则给女同事冠以女汉子称呼的男生总是看不到问题的实质，以及内心不过是个 baby boy！

当有些男生笑着称呼一些女同事为女汉子的时候，我内心实际上是翻了无数次白眼，以及骂了无数次 low 鸡的。因为，其实你内心里面是觉得这女生工作能力真的很棒，然而又不能特别直率地说一句你真棒的欲盖弥彰的表现。

其次，在性别这个问题上，我们分为生理性别和社会性别。生理性别是你的染色体决定的，是 XX 还是 XY。社会性别这个学问就复杂多了，它不是一个简单的自我选择过程，而是和社会互动之后的自我认知。女汉子这个词是这一类女性的社会性别，这种标签化人格，在一定程度上，不断强化和固化了特定的性别认知。表面上看，我们好像为了好玩儿，为了站队，发明了一些好玩的性别词汇，例如：绿茶婊、直男癌。看似热闹，满足了人们不断猎奇的心理，实则是另一种方式的歧视。

女汉子的命名，这显然是个伪命题，这个词的尴尬就是我们还没有完全脱胎于社会上雄性的主要地位。我们换言之，女汉子这个词语，现在深入人心，无论男女老少都认可，其实是潜意识里都认可这类女性的能力，只是在依然男权的社会里叫女汉子。这是一种在当今社会下的集体认知，如果社会切换到母系社会的时候，女性本来就是女王大人的时候，这词儿可能就不会出现。

女权主义的悲哀，就是要战胜男性，前提如果是战胜男性，女权主义其实是失败的。要尊重到差异，所谓战胜男性，在这样的情况下，其实对于社会的发展是不利的。平时老挂嘴上说平权主义，这还是得认知到男性女性的生理以及心理的差异，去追求所谓的平权。

另外，女汉子不是你想当就能当吧。你要把那种膀大腰圆，不穿裙子，短发的女生标签为女汉子。如果站在男权的角度说，对于男生来说，也算是一种侮辱吧，毕竟你们是第一性，我们是第二性。按照《圣经》说吧，女生算男生的一根肋骨，一根肋骨好像不该嘚瑟啥，但是谁也没有规定肋骨不能嘚瑟是吧。在原始社会，男人因为力量能获取更多的食物，所以男人出去打猎，女人在大后方料理家里。

而在现今的社会，以脑力劳动为主的今天，男女在社会分工上并未有明显的差异了。人类社会数千年形成的这种共识，男人需要承担更多。但在这样一个社会形态下，生产方式发生改变的时候，我们的脑子对这个问题的认知上，还是停留在过去的模式里面。女汉子，更多的时候我觉得是一种思维理性，精神独立，在做事方式上更具备某些在过往的社会认知中属于男性的特征。

也有一些自称女汉子的女性，她们的内心显然是强大的。她们是在重新定义女汉子原来出现的本义以及感情色彩。男人能做到的，我也能做到，是这样的自豪，男人做事具备的好品质，比如冷静、理性、分析我都有。人的社会性别和生理性别，有的人是一致的，就是生理男人和社会男人，生理女人和社会女人。肯定早就有这种不一致的情况出现，只是在人类社会性的角色扮演中，我们为了迎合社会基本认知，而演绎成某种样子。

世界上很多优秀的人，都是雌雄同体的。比如，老佛爷、库克。这个社会，这么好玩，那显然是因为有各种各样的男性女性构成的。我们要拥抱差异，无差异，不多元；无多元，不丰富；无丰富，不有趣。盲目的男权或者女权，都是不理性的，我们不需要非理性地追求出个孰强孰弱，男性和女性也不是此消彼长的对抗关系。

总而言之，说你女汉子，就是在夸你，你这第二性，牛 × 的跟我们第一性一样。搁男权拥护者那里，那可是最高的褒奖。

迷妹总多情，偶像总撩骚

世界好乱啊，王石被万科撵出门了，英国跟欧盟闹分手了，跟我们有什么关系……世界大事儿，无外乎“偶像”二字，偶像就是迷妹的天，仰起头踮起脚尖就能感受到偶像的注视与关爱。直播、在行、分答靠一票粉丝染红了一片天。王思聪标价四千九百九十九元，照样趋之若鹜，毕竟只有撩了才有上位的可能性。翻开微博，王思聪的留言处，多少妹子，大喊着：老公，求睡！韩寒的微博下面都是叫岳父的，还有睡岳父的，真是的，你们这些凡夫俗子为了上位不择手段，节操呢？看着你们前赴后继的样子，我吃着炸鸡喝着啤酒，寻开心啊！

今天想说点追星或者叫粉丝经济。我基本上不追星，也讨厌扎堆。小时候喜欢的人是李敖、钱钟书、陈丹青这种，外国的喜欢达利、莫奈。小时候，学画画的时候，我的素描老师，是一个长头发，常年穿牛仔裤、大头皮鞋的文艺青年，最爱听的是邓丽君。所以，我们的画室常年放着邓丽君的各种卡带。现在邓丽君的每一首歌基本上我都会。老师的这种行为算是最早一种追星行为，没有商业化的纯纯喜欢。

小学的时候，《还珠格格》出来了。这会是新中国历史上真正的屏霸，每年的寒假暑假很多台都会播放，我有一个远方亲戚奶奶辈儿的，播一遍看一遍，播一遍看一遍，真爱从未改变。你们的本子上，桌子上，到处都是小燕子、永琪、尔康、紫薇。放学路上一遍遍，啊啊啊啊啊啊啊……当山峰没有棱角的时候……当河水不再流。琼瑶阿姨算是为中国的情爱教育谱写了不可取代的一笔，比如我现在还是会记得“山无棱，天地合，乃敢与君绝”这种鬼话。搁现在，就是“房无证，车无影，乃敢与君绝”。

后来，F4出来了，我天！这帮女生是疯了吗？追剧被禁就算了，开始认男票了。什么道明寺的凤梨头，西门的黑长直，仔仔的阴柔目光，没钱但是好运的杉菜，简直影响了一堆玛丽苏的小妹妹，即使我一无所有，我仍然能嫁入豪门，以及后期的《王子变青蛙》《放羊的星星》都是一水的玛丽苏拯救世界的路数，套路害死人啊！

后来，超级女生、我型我秀、快乐男声，一下子冒出来了。依稀记得，我们班女生两大阵营，李宇春或者张靓颖。还好当年就不走寻常路的我，只对周笔畅有好感。那个时候的短信是一毛钱一条，那个时候的短信投票是两块钱一条。动辄上百万的投票，我想那或许是大陆粉丝经济的开始。细细想了下，你说大陆的选秀崛起，最早始于超级女声，但是最近两年的偶像前十都是男生。再一忖度，发现即使是超级女声，火的也是李宇春、曾轶可、厉娜、周笔畅，这类中性的偶像，包括最近发布的明星人气排行榜从第一名到第十名都是男性，不变的是追求这类明星的主题是女性群体。

我小时候有个叫HOT的韩国组合，特别杀马特的发型，风靡了整个亚洲。然鹅，我都快变成阿姨的年纪了，韩流还是如此的汹涌澎湃，未曾平息，东方神起、super junior。我们还是在被韩流影响着，不太看偶像剧的我，还是被各路好友安利了《来自星星的你》《太阳的后裔》，看电视剧需要买爱奇艺会员就算了，衣服是买不起了，化妆品唇膏也是把我们的荷包弄得扁扁的好吗？ YSL的52号唇膏机场免税店断货、兰芝的唇膏也断货，然后我大中华万能的淘宝，分分钟就有了全智贤以及乔妹的同款衣服。老公们戏里面的所有的衣服也被扒得清清楚楚！这后面的持续消费能力，才是更惊人的影响力。

粉丝的内部也分成一定的级别，粉丝是一个有组织有级别的组织存在，最高级的可以跟偶像成为很好的朋友，那么差一点的粉丝也就是混混社群。这是一个非常大超出你想象的存在，产生的经济效益也超出你的想象。据不完全调查，全国有 3.4 亿的粉丝数量，我们撇除 51.5% 没有消费能力的，还有另外将近一半有消费能力的，即使每个人消费一块钱，粉丝经济每年产生的经济效益高达 1.65 亿元，据我所知，一般而言，每位粉丝一年至少贡献 100-500 块钱。那些电影的票房，那些演唱会的盛况，哪一个不是靠着粉丝们的腰包撑起来的。

未来一定是一个粉丝经济的消费时代，众多大的 IP 纷纷出现，不管是罗永浩的锤子手机，还是雷军的小米手机，以及罗振宇的《罗辑思维》，都是大的 IP 人格塑造，去吸引粉丝进行一个消费。这就是一个泛粉丝消费，也是目前流量变现的一种常规模式。包括现在的分答、在行这样的 APP 也是粉丝经济的一种模式。追星的主要群体是女性，这些现象在一定程度上说明了，女性是容易被情感煽动的群体，另外女性很容易为了偶像默默付出金钱和时间。女性是属灵的，男性是属欲的，性别特性也决定了追星的主要群体就是女性。

鹿晗、吴亦凡圈了大量的粉丝，而女团们相对惨淡一些，SNH48 一般人都分不清谁是谁，除了特别有名的几位和受伤的那位，其余真的就是泯然众人。谁都需要一些精神的寄托，有些是某项爱好，有些则是鲜活的明星偶像，人生总需要一些引导性存在。偶像一眨眼，迷妹们就能流口水。偶像们一撩骚，迷妹们就趋之若鹜。

迷妹总多情，偶像总撩骚。这大概就是说粉丝经济的产生原因，即精神性、互动性。

你真应该得点矫情病

认识一个做音乐APP的创业者，他做的音乐APP叫mozik。为什么要叫这个名字？是因为他们觉得音乐一定有心情疗愈的作用，mozik =music +emotion。所以，mozik的整个界面是极简的、轻盈的，软件应用从情绪入手，为你播放符合你心情的歌。

mozik的出爷说：70后喜欢摇滚，80后喜欢民谣，90后喜欢Hip-Hop，95后喜欢电音，这些结论是有数据支撑的，今天咱们简单说说这些个音乐。

70后的摇滚，例如：崔健，魔岩三杰、许巍、谢天笑……

70后的人压抑啊，经历那么多事情。情绪压抑啊，发泄啊，叛逆啊，反抗啊！就得戴着墨镜、留着长头发，一副愤世嫉俗的表情。摇滚就是愤怒，《孤独的人是可耻的》《一无所有》《梦回唐朝》《一块红布》《假行僧》。你听听这名字，就觉得是苦闷的、压抑的、难受的、宣泄的。后来，中国摇滚不行了，大概就是中国人的日子越来越好了，没时间愤怒了。现在的摇滚都滚出了一种小清新、小叛逆、小个性、小独立。比如：五月天的《孙悟空》、布偶乐队的《第一万零一朵奇葩》。

80后的民谣，例如：老狼，叶蓓、陈鸿宇、马頔，尧十三……

中国的当代民谣受流行歌曲的影响，融入一些现代的元素，内容的创作以及歌词的形式还是有一些传统民谣的印记，有歌手对于现实生活以及社会的一些感悟。中国早期有老狼《同桌的你》《睡在上铺的兄弟》，叶蓓的《白衣飘飘的年代》。后来涌现了很多很多的民谣歌手，他们很多都籍籍无名，因为民谣的歌词情感通常非常细腻，旋律非常悠扬，带着某种情感的渗透，受到了越来越多的人欢迎。

很多民谣改编自诗歌，比如海子的《九月》，赵照的《当你老了》。很多民谣写的是对于某个城市的情愫。比如，李志写了很多关于南京的歌：《山阴路的夏天》《在每一条伤心的应天大街上》《热河》《你离开了南京，从此没人和我说话》，这两天非常火的赵雷的《成都》，低苦艾乐队的《兰州、兰州》，大冰的《陪我到可可西里去看海》。

越来越多的民谣歌手被大众所认识，好妹妹乐队、宋冬野、陈粒、陈鸿宇包括这两天火到原地炸裂的赵雷，然后群众们纷纷站队，为了表达态度而表达态度的说，唱的什么啊垃圾。被安利成功的就会说，超级好听的，好感动，发现了块处女地的欢快。为了小众而小众的矫情主们就会说，赵雷火了，感觉再也不会爱了，再见赵雷，我再也不会听你了，感谢你陪伴我的青春。

90后的Hip-Hop，例如：JAY-Z 、Eminem、BigBang、MC Hotdog……

Hip-Hop诞生于二十世纪六七十年代的美国，大量的非洲裔和中南美裔美国人，因为贫困，住在这里的年轻人找到了属于自己的发泄和娱乐渠道：拿着家里的老唱盘、老唱片、手提音响，到附近的街角、公园等公共场所，边唱边舞，有的人逐渐受到追捧，就这样，Hip-Hop 的三大元素——念唱（MCing）、DJ 和霹雳舞（Breakdancing）产生了。

95 后的电子音乐，例如：Groove Coverage、尚雯婕、大张伟……

笔者年事已高，想了半天，只能想起这些人。还有一些主电音都是游戏或者动漫里面的配乐，比如一直非常火的初音未来，还有最近非常火的《极乐净土》。电子音乐就是一切电子乐器所创造的音乐都算，荷兰的电子音乐应该是目前来说最厉害的。尚雯婕大人号称是中国电子音乐一姐，尚大姐的电子音乐造诣跟她的下巴一样越来越高耸出天际。

民谣这两天火了，赵雷这两天火了，满屏的文章都不出这两个关键词，不管是肯定还是否定，公众永远都需要站队、都要表达。不管如何，我们都应该有一些矫情的爱好，或音乐或电影或旅行，这是造就我们内核的东西，我们会因此拥有独立有趣的灵魂，这是在相似皮囊下，最珍贵的东西。

一个胖子找你聊五块钱

此刻，我作为一个近视眼，带着我无比fashion的二饼，喝着“不是所有的牛奶都能如此牛逼的”特仑苏，吃着张君雅小妹妹点心面，四不四很有画面感的宅女生活。这就是一个主要工作拉皮条，非工作日恨不得把自己打扮成一个废柴的小野酱。

最近越来越喜欢这种做废柴的感觉，这样我似乎能感受到生活的美好样子，步行去上班，抬头看见上海的阳光，透过公司小清新的木栅栏，蓝天是背景，很有层次的样子，在阳光下站了一会儿，好享受这种温暖，眷恋这阳光，因为总能让阴暗无所遁形。

一度来上海生活后，怀疑自己抑郁了。在过往的二十多年的生活中，我是一个强悍的觉得世界上只有我自己可以打败自己的人，现在依然如此，只是偶尔会有一丝抑郁，那天跟口语老师聊抑郁症，从未感觉这个事情跟我离得这么近。还好，我是一个总是找寻答案的人，而不是纠结在痛苦里的人。

去年老大一共招了十二个助理，放在公司不同的职能部门，今年，那批还剩四个。喊子回了老家帮父母打理生意，娜娜去了一家还不错的房地产公司，大婷去了一家不错的投资机构，Yi Fei哥在家钻研自己的专业，要去拯救资本主义社会了，银银真的去流浪了，从家乡河南信阳出发，一直浪到希腊。永远年轻、永远热泪盈眶、永远的少年。

生命有终点，生活没有答案。所以，我们才会一直追问，一直找寻。我们总想找个舒服的姿态存活于这个世界，有时候我觉得我们这帮人，像召唤神龙一样，从全国各地聚集到上海，就像一群不愿长大的小孩，倔强地想看看世界，不管是走还是留，我们就像是一群 KTV 进错包房的人，从过往的各行各业，移民到创投行业，欢唱了一年左右的时光。感谢与你们的相遇！

前年，我倔强地不顾家里人的反对来到上海，快一年半的时光。我却恍如隔世，已经跟上海相伴很久的样子，可能性格使然，不算孤单，有一些旧友，更多的结识了新友。微信的朋友从来时的一千多个，到快要破上限。然后，我这一年不管是因为工作压力太大，还是应酬又变多了，我的体重开始飙升。然后，我放纵了自己一年，为了身体健康，不得脂肪肝，我开始运动了。

上个礼拜收拾家里的东西，搜出来去年在湖北五祖寺求的签，是中签。但是，我知足地觉得去年还不错，那天非常迷信地对着湖北的方向拜了拜，想着多亏了您庇佑，过得还不错。才开始工作两个多礼拜，工作已经给自己排到五月份了，每天晚上都会感觉脑容量非常的不足。每天晚上都想着写点啥，写点啥，可是常常聊了一天项目的我，一到晚上动力就明显不足，CPU 就明显过热，好想加个内存条。

我所在的创投行业，去年开始被人唱衰，可是今年刚开年，我就收到了还不错的项目，我突然觉得说，其实创业这件事，它一直都存在，只是在我们这个时代因为政策的导向，让它站在了舞台的中央。就像一个演员从十八线小演员突然变成了男二。我一直告诉自己看待事情要理性全面，任何事情都应该有他的轨迹，可是大部分人会因为键盘侠们的集体无意识狂欢变得焦虑。

我有很多很多的群，我每天看到一些人为了某个新闻，发表自己的观点，然后演变到撕逼。大家一副精英的态势对国家的未来忧国忧民，撕逼后，群主就会上演一番调解，该弄出群去的弄出群；一番撕逼后，生活该继续的继续，这群所谓的精英并不能够改变什么，也不过是变相的键盘侠。每天都有群在上演撕逼的戏码，大家似乎不是在探讨问题，大家只是来到一个广场，把我想说的说完，不同意的就撕逼。

最近有在面试，悲催地发现，当一个人本科毕业找不到工作后，就会去考研，考完研究生再来找工作。我问，你怎么看待你的专业。他说，我不喜欢我的专业。然后，一个专业念了七年出来，发现这之前是个朝阳产业，念完研究生后变成夕阳产业了。小伙子跟我说，有时候念研究生不是选择，就是服从某种安排。我心生一丝悲哀，我们的教育就是教出大把的不知道自己要什么的孩子。我问，你有爱好吗？他说，没什么爱好。于是，大学游戏、恋爱、傻乐，被大学上了，失业。

南大研究美学的潘知常老师说：人无癖好，不可爱。人无癖好，不可交。大部分没有爱好的人，内心是空的，他们太容易在这个物化的世界感到空虚，然后他们会把自己所有不好的遭遇，归结为穷。

罗里吧嗦说了好多，我公众号能支撑这么久，我还挺惊讶的。我在想如果我的公众号每天都在推荐股票，每天告诉大家赚钱可能就会有很多粉丝。可是，我什么都没有教给大家，所以感到一丝欣慰，至少还有一些人会觉得说，你虽然什么都没有教我们，但是我还能看到一些态度和角度。

咪蒙的嘴炮也拯救不了朋友圈

朋友圈是个什么圈呢？说都是你朋友，你肯定不承认，我好几千人，你说都是我朋友，感觉我的朋友有一个旅的编制，精神压力也挺大的。所以，咱们现在的朋友圈，顶多算是个产生过交集的人的集中营。见面撩的最常见手段，互相加个微信吧，这一举动的本身就是在说，我们之间会互相发生联系，或者我个人单方面觉得你特别有趣，我想跟你发生某种联系。比如，我老大袁岳，搁哪里都有一圈人围着，求加微信，求互聊的。你们要是想睡到吴亦凡或者被吴亦凡睡，搞到微信是极其重要的一环。

某种程度上说，微信朋友圈降低了我们交友的成本，以前没有互联网化的时候，我们必须得见个面，吃个饭，握个手。现在我如果要通过某个人去勾搭某个人，只要请跟我熟识的人推个微信就好了，有事儿说事儿，联系就开展了。供求关系告诉我们，如果我们得到一个东西太容易，我们便不会觉得珍惜。添加、删除、踢出群聊，都是动动手指的事情。

朋友圈也让我们的朋友关系变得透明了。莫名的我经常就会发现，我的A好友竟然认识我们共同的B好友，B好友竟然还认识A好友的好友。这就会莫名的将朋友圈的关系变得透明化，一切都摆在桌面上了。如果呢，发现一个人渣撩了你周边的所有好朋友，基本上就无所遁形了。这是一种透明化，我们能轻易地发现我的朋友们之间的脉络，谁认识了谁，居然这个人是我们共同的好友。

另一种透明化是我能非常便捷地发现我被解除了一段朋友关系，比如：拉黑，屏蔽。在互联网时代，就是一个仪式感，在我心里你无法成为我的朋友，我屏蔽你可能是我心软或者我不确定我们未来会不会产生联系。我好友挺多的，经常有些牛鬼蛇神出没，乱七八糟的，有碍观瞻的，我真的会毫不犹豫地删除，以前才开始下手，还会心里挣扎一下，后来发现也很少有主动要求加回去的，便也释然了不少，多删几次也就坦然了。

早上七点钟，上班族们大概都起床了。这个时候朋友圈也开启了熙熙攘攘、人来人往的一天。最先起床的是鸡汤党们，他们觉得在奋力地跟人生赛跑，肩负着拯救全世界的重任，不能看着你们这些愚蠢的人类堕落啊！然后，就开始转发五毛钱高清无码的鸡汤，一定配有非常亢奋的文字，透出一种“睡什么睡，起来奋斗啊，是什么在追我，是时间在追我！我要跟他们赛跑！”这样的气息。这些转发的文稿中，一定会有括号外加“深度好文”的字样。点进去发现所有的深度好文，排版烂成渣也就算了，内容就是一段一段三百年前的口水鸡汤。

上述情况情感色彩太浓重了，这个时候云淡风轻地就飘来了。他们会放一张天空的图，云彩的图，早餐的图，配以日系的过度滤镜。配字以早安系列为主，例如“早安，七月！”“早安，世界！”“早安，铁岭大城市！”够了没有，这些看似内心平静的小清新们发出来的文字，多半是一些吃男人不吐骨头的老司机们。按照现在命名的套路，这样的宝宝一般会被冠以“××婊”。

这个时候，昨天夜里打包到很晚的微商们起床了，顾不得刷牙、洗脸、起床，先裹在床上刷一遍屏，不知道会不会把脸毁容的面膜，也不知道从东莞哪个厂里弄来的高仿A货包，还有什么美白丸、减肥药、蒸脸仪都号称自己血统纯正，品质坚挺，用完奇效。你永远不知道你朋友圈的谁会是下一个代购！

这一刷一个上午过去了，午饭时间到了。大部分的午餐时间就是吃饭消毒拍照党的天下。这个时候，看着单纯的晒美食，实际上在晒消费品位与实力。像我等打工党，吃点儿兰州拉面、沙县国际，也就没脸秀啥了。但是，动辄午饭就吃个日料、自助什么的，还不得发个朋友圈，刷个仇恨。人生何处不套路，我这个时候发，就是等着虐你们的，配一句：最近特别穷，只能将就吃这个了。将就！你这一顿，吃了我一个礼拜的口粮！毕竟穷癌晚期也不能怪别人，都是自己混得差。

下午半天的时光是最难挨的，毕竟祖先说过：春困，秋乏，夏无力，天天都不是工作日。无聊的时候，最适合干吗？刷朋友圈呀！自拍呀！然后配一张精心修图八百多遍，P的桌子都变形的自拍。角度一定是45度仰望天花板，液化液化再液化，请给我锥子脸。你眼一瞅，首先映入眼帘的是两个文的大粗眉毛，再往下看，割过的欧式双眼皮，打过玻尿酸的鼻梁。说到这里，吐槽归吐槽，围观党的素质要有，自拍不易，且看且珍惜，不管多难看，请务必点个赞！混江湖最重要的是什么，是人文关怀，请给别人多一点赞，世界将变成美好的人间！

晚上就更热闹了，毕竟晚上才是朋友圈的黄金强档。这个时候无论你秀什么，都会获得非常多的点，毕竟点赞也不需要动脑子。晚上，我们常见三种党：秀恩爱党、健身党、炫富党。

秀恩爱都要被说，这是什么世道。小野老师肯定是有人性的，所以，偶尔秀一两次恩爱，我们当然是祝福的，混朋友圈最重要的是什么，是人文关怀，你幸福，我当然是祝福的。我讨厌的是那种以恋爱为职业的专业谈恋爱一辈子的秀恩爱党。跟上面那些党比，那些根本算不了什么，我觉得最不堪的就是无良秀恩爱党。我觉得我三观一直被刷新，你知道有一种人叫专业谈恋爱的，百人斩啊，妹子如衣服，兄弟如手足啊，换女朋友勤快的嘞！

微信算私人空间，朋友圈算公共空间啊！一个人混迹江湖最重要的是什么，是公德。你私下里喜欢真人演绎成人小视频，或者学陈老师拍照，学李宗瑞集邮，学某男星爱约真的没有人管你，公共空间请注意素质好吗？最精彩的部分绝对不是秀恩爱，发现男朋友是同一个人才精彩！祝你永远得不到爱情！现在朋友圈真的是精彩的自带筛选人渣功能，每个微信群里总有一两个男的，加遍所有群里的女性，加的时候下半身已经开始暗爽了。要是搁古代，我特别想把这些人送宫里去，伺候伺候皇上。

刚才那一拨是情侣吃饭的美好时刻，自然是秀恩爱党的天下。吃完饭，健身党们就开始刷屏了。今天跑了什么路线图，健身房傲人身姿图，马甲线人鱼线撩起来，A4 腰三五腿走起来。健身啊，运动锻炼都挺好的，关键很多时候，他们秀的那些图，配的那些语句里面，感觉胖子就得诛九族、胖子没前途、胖子没未来。控制不了自己的身材，怎么控制自己的人生。这就是价值观上的挟持、道德上的卑劣。我看蔡康永、高晓松、马东都不瘦，还不是一票女粉丝。胖子怎么了，吃你们家大米了，管得着吗！最重要的是，这个社会如果停留在颜值即正义，身材即王道，就是社会的退步，因为审美单一，群盲心理，社会主义的经济建设谁去弄啊，我们是靠科学技术推动生产力进步的！

真是为社会主义建设，我操碎了心！

该说说社会主义的富人们，常见炫富帖，我老公又送了我一栋大别墅，我老公又送了我一个 LV，玛莎拉蒂和保时捷我买哪个啊？常见画面，拍汽车方向盘。书的上面放了一块名牌的表。整个画面书才是真正的背景，然后书上面有车钥匙，有名表，有盘的蜜蜡珠子，为了他们能在一张构图里，也是费尽了心思。混迹江湖最重要是什么，是人文关怀，这个时候你真的应该去顺手点赞，我们要培养一种积极健康的心态，仇富是不对的，衷心的点个赞，然后回一句：土豪，求包养，会暖被！那个，据说郭美美和李天一就是因为炫富被抓起来了呢！

朋友圈，真的觉得快被玩坏了，或者有一天我们也会如 QQ 一样渐行渐远！在你朋友圈的未必是你的朋友，他们把你的弱联系、强联系都放在一个圈层里面，发生了不少的化学效应，有好的有坏的。想对我拉黑的人说：再见。想对我屏蔽的人说：你的朋友圈真的没什么营养。想对拉黑我的人说：哟，我可能曾经伤害过你，对不起啦！想对屏蔽我的人说：求你赶紧删除我！

朋友圈里的所有人，我想跟你们说，谢谢你出现在我的生命里，教会了我一些什么，让我觉知出一些什么。我们在见面的时候见面，在挥别的时候挥别，都是一个叫命运的东西。

生活就是要撩啊！

最近受邀做了黑苹果先蜂领袖营的导师，在上海交通大学和95后的小鲜肉小美女们共同分享和度过了两天时间，更加坚信了一句话：要学会和95后相处，毕竟他们才是祖国的未来。嗯，那些摇头说一代不如一代的蜀黍阿姨可以闭嘴了！小盆友们都棒极了！

先解释两个名词：黑苹果和先蜂。

为什么叫黑苹果？黑苹果代表的黑色是青色和红色的结合，是一个关于成长的比喻。青苹果通常青涩而富有活力，但是缺乏方向；红苹果成熟，自信而富于洞见，清楚地知道自己为组织和社会创造价值的路径。当一个青苹果在社会历练中综合了青苹果和红苹果的优秀特质，就成了黑苹果，所以我们把具备了解自我内心的爱好付之于行动，知道实现自己梦想路径的特质青年，称为黑苹果青年。

为什么叫先蜂？因为希望所有的黑苹果青年都像蜜蜂一样。2013年12月21日黑苹果青年汇“青春蜂动未来”将在上海落地，今年我们提出“先蜂”这一概念。在这些青年人中，我们发现一批社会参与的积极分子，他们不只自己行动，也积极动员其他的青年一起行动。我们将这群青年比作“蜂王”“蜂后”，寓意他们在未来可以像蜜蜂一样将公益的花粉播撒到更多地方。我们相信只有凝聚与动员起青年力量，有限的先行者才会得到响应，继而涌现出更多拥护者与参与者，才有更多未来行动的可能。

这次给黑果果们进行了一天的培训，一个公司的建立，以及如何群策群力去完成一项任务。我想你们定是有收获的，或多或少，你们也给了我更多的思考，是放在一个时间维度里面，从你们身上，我回头反观自己，从大学到现在，如若再来一遍，或许会更好，只是我们再也回不去了。以下是我的一些反思，得感谢你们，让我有这个契机去思考一些东西。

因为有来自三十多个高校的六十多个学生，我要从优秀的你们中选择六个优秀学员，我是为难的。你们那么有活力，那么有脑洞。你们只要站在黑苹果先蜂领袖营的课堂上，你们就是比一般的同学爱折腾的。

获得优秀学员称号的只能表示他在这一项活动中比较积极，表现出某种优秀的特质，可是人生还长，这些小小的胜利，在整个人生的进程中算不了什么。我从小到大，也获奖无数，以前很在意奖状的数量，认为那是一个肯定的结果，也认为那是一个胜出的表现。

后来，入了社会发现，你即使拿了一百分也真的不能当一块钱花掉，你即使拿了零分，也不代表生活中你就是一无是处。生活太复杂了，生活需要考验你的维度太多。所以，优秀学员的称号，得到了不代表你就是完美的优秀，没有得到也不代表你就真的不优秀，这只是一个活动的认可，不代表人生。更重要的是，我们要养成一种工作、学习以及生活的态度，至少是可以认真、积极的！

胆子大一点

逼着你们去唱歌、跳舞、放下偶像包袱，我想这就是突破，因为放下自己是一件很难的事情。逼你们去做一些自己从来没有做过的事情，也是想告诉你们，生活中很多的难题，其实是你们始料未及的，不在你们设定好的剧本里面的。可是，生活就是生活啊，当遇到问题的时候，首先就是面对，然后就是想好怎么去处理这些事情，第一步如何处理，第二步如何处理。怨天尤人、自怨自艾永远只能做生活的loser啊！所谓的领导力，连自己的生活都不能主宰，如何去领导别人。面对问题产生的不好结果，有时间去找借口，不如去找解决方案！

生活就是要撩啊，撩这个字一方面反映积极主动的生活态度，一方面说明你特别有生活情趣啊！

思考多一点

脑袋放在脖子上，不是为了个高。不要想当然，多去思考几个为什么。团队作战中，我们临时的CEO是不是有这样的全局观念做这个事情。CEO做得不好的时候，我在团队中应该起到一个什么样的作用，才能让团队效能最大化。这是个游戏，这是个培训，但这绝不只是一个培训。这个同学思考问题的角度跟我这么不一样，南北同学思考问题的方向千差万别，这个差别大得超过了煎饼果子和汤圆的区别。

我们团队成功了，因为什么而成功了。我们团队处于劣势的时候，我们应该怎么样补救。让你们去看《赢在中国》是让你们站在一个旁观者的角度去梳理、去反思、去对照。最后的DPR领导力针对性分析，就是一个活动的复盘，反思在团队合作中出现的问题，以及站在你们的角度去化解这类问题。我不太爱说教，我把他们称之为分享。是因为我总结出来的东西，可能是我血与泪的教训，可是每个时代都会有具体的问题，每个人成长环境不一样，解决问题的方式方法也会不一样。

所有的同学问大佬的问题集中在两类问题上：1. 沟通；2. 如何

处理工作和同学关系。在我看来这两类问题大多数情况下，是因为我们理解的沟通只是勾搭，你说了对方没有懂，就是没有通，我们总是以我们的角度去告知别人的问题，一个好的领导者是需要站在中立的角度去分析，让别人体察双方的处境。如何处理联合会工作和同学关系也是一样的，我们总是把所有的东西揉在一起，工作、创业、同学情、好朋友，任何社会关系的产生都是在一定的情景下的，面对工作的时候，我希望你们公对公、私对私，对事不对人。批评人或者指出别人做得不好的地方，要注意环境，多用用非正式沟通的场景，吃喝玩乐的时候指出，会比你在公共场合义正词严的指责效果可能好得多。

一个想成功的人是会爱惜自己羽毛的，不是所有的朋友都值得珍惜，朋友一定是有选择的，所谓道不同不相为谋，非常的有道理，你们人生在慢慢的前行，你们的朋友也在慢慢删选，大浪淘沙，留下的也一定是与你有着类似生活目标的人。思考多一点，一个人若想优秀（当然这并非一定是传统意义上的优秀），需要一些“谋”。“谋”字精髓在于思考，黑苹果青年来参加先蜂领袖营，很多优秀的人，聚集在一起，每一个人都是一面镜子，每一个人都可以是你的老师，在团队共同协作的时候，多看到队友以及别的队员的闪光点。包括在团队协作的过程中，时间的把控，团队之间的沟通。

放手去做吧

北岛说：我们这古老民族太注重功利，太工于心计，缺乏一种天真无畏的“少年精神”。这一点恰恰从内部消耗了向前推进的动力。我希望黑苹果先蜂领袖营的黑果果们带着天真无畏的少年精神，向着未来进发，放手去做吧！

生活就是要去撩啊！这个“撩”就是折腾的精髓所在啊！

8

我们都有病

我们都有病

毫不避讳地说，我反正是有病的。比如，对于做事捣糨糊的人，我可能一点就着，这点中二病，用有些人的话说，显得太不成熟。说实话，我也不知道啥叫成熟。反正，不好好干活的人，在我这里基本上就是判了死刑。当然，我突然也意识到，捣糨糊的是绝大多数，毕竟能成为精英的是少数，我可能还心存一丝幻想，希望我周围干活的人，能根正苗红一些，有些苛刻对吧！

我毛病还挺多，但是，有些我会人为地想去改，有些好像固执地不愿意动。

但是，我还蛮讨厌别人跟我说，你已经一把年纪了，你已经不年轻了，你就应该怎么怎么样。不知道谁惯出来的臭脾气，反正，我听到这些“人到什么时候应该怎么样怎么样”的话，我就浑身上下都反骨，都积聚起满身的不自在，想怼回去。

昨天看蒋勋的公众号文章，有一句我很认同，是他在三十九岁的时候，为自己下的人生要意。他说：三十岁的我，想的不是自己怎么开始稳定的生活，而是我在梦想和现实之间，能不能拔河得久一点。

我就想说，我受到的所有教育都是，你要 normal 一点，你看隔壁王老五，王二麻子，张老三都怎么样怎么样了。为什么要活得跟别人一样啊，为什么要争做 normal 啊，这个世界不缺少 normal 的人啊！

这就是一种病，就是国人的安全感大多数来自我活得像张三李四王二麻子，就是不能像自己，像自己太危险了，枪打出头鸟。大多数国人内心的 OS 是：我一定要混进群众的队伍。嘘！千万别让别人发现我是搞艺术的，搞艺术的别人都认为是不好好学习的。这可能是村落文化的遗毒，每一个七大姑八大姨都自带媒体属性，你要是跟别人不一样了，这个舆论的力量，从村头到村尾，搞得你人尽皆知。

国人还有一种病叫软骨病，老觉得这叫包容心。搞得真的跟参透了孔孟老子的思想一样。就跟鲁迅先生笔下的情况一样，看到有人被打了，就看着一种热闹。好不容易前几年，有个彭宇出来帮助被车撞的老太太，硬是被老太太诬陷说就是他撞的。围观群众也没有硬起来去做证的，本来硬起来的年轻人，被这些老不正经、为老不尊的人搞痿掉了。

五六十年代出生的人也有病。这个病叫凡事舍不得，给老人买一把香蕉永远从坏的开始吃，然后开始摆坏了吃，好好的时候就是不吃。五六十年代的人，小时候遇到过自然灾害挨过饿，家里兄弟姐妹多，有时候吃饭就是个竞赛，就跟我爸爸似的，吃饭速度奇快。可能也会有点什么被害妄想症之类的，因为部分人也经历过“文革”的痛楚，那是时代的烙印。

七八十年代出生的人，开始改革开放了，很多家庭有钱了。孩子的物质生活开始丰富了，独生子女出现了，这代人自私自利，以学习成绩为导向，被称为垮掉的一代。七十年代末八十年代初的人，父母开始有钱了，也慢慢发现教育的重要性了，所以这代人被管理的很多，因为被管理的太多，在个性上这代人就比较薄弱，因为，他们总是被和别人家的孩子乱比较。

九十年代，老子天下第一咯。爱你谁谁谁，管你谁谁谁。干这活儿首先我得快乐。所以，90 后容易离职，对于很多事情没有定性。

95 后，工作是什么？ 太累了，不如来一盘《王者荣耀》……

凤凰男有病，大龄剩女有病，宅男有病，干物女有病，这年头谁还没有点时髦的病啊。

每个时代都有病，也有每个时代所背负的历史使命。没有什么垮掉的一代，于我而言，我永远想和最年轻的他们站在一起，因为未来终究是他们的！

直女癌可能就是这样的！

今年大概全国上下搞了不少大大小小的女性创业论坛，或者什么杰出女性论坛。且不论这些女性论坛的出处，本质上，我是质疑这种东西的存在价值的。为什么要强调性别这件事情，在职场这件事上，我觉得没有性别之分。

有些，请注意是有些，女性论坛就请了一帮孤芳自赏，觉得自己达到人生巅峰的女性朋友们。然后，title 非常多，各种牛逼，不排除真牛逼的。但是，奴婢觉得混江湖虚名也并非越多越好，当然不真实就更不可取了。比如，你开了个自媒体，也没有写过一篇文章，就说自己是独立自媒体人，我觉得这就非常扯了。

有一个片段一定会有，抱怨跟一群男人在一起不被重视，职场弱势，怎么 CEO 就是男的了，不能是女的！女人还得扮演好女儿、好妻子、好妈妈的角色。反问之，男人也是在努力的成为好爸爸、好儿子、好丈夫的角色啊！你撇开说，这么多年了，基本是历代女性男性都得扮演这么多的社会角色，不是二十一世纪新发明的啊！大概就是缺一把瓜子，否则就是一赤裸裸怨妇控诉大会啊！

你一女性领袖大会，是女性中的精英啊，你们这些个女性领导力量搁一块儿还是吹拉弹唱说男人的不好不是，这跟村口的茶话会有啥区别。这些话题都是些陈芝麻烂谷子的东西。从香奈儿女士诉求男女平等的裤子到女性内衣以舒适功能为主，一百多年前，我们就开始女性平等了。只是，到了今天，一帮职场精英女性在一起，仍然俗到在挣脱男女性别的枷锁。

我们是职场精英啊，控诉归控诉，我们还得解决问题啊。职场还不都是结果导向。解决方案就是，我们要更努力，让自己变得更如何如何，像男人一样的战斗。你理解下这个句式，像××一样的意思，不就是觉得自己是弱势，变相的男权崇拜嘛！讲了这么多年的女性独立，妇女能顶半边天，有些女性当了CEO，当了公司高层，内心里还是个裹小脚的清末小姐。

有时候会觉得三八妇女节其实可有可无了，听说了这些个论坛，我觉得还是应该存在的，毕竟有这么多小媳妇在叫嚣主权呢！所以，有些单位放半天这种行为是非常可耻的！我们就应该放一个礼拜，这样才在道义上显示了尊重！面子里子都有了！

最近，董明珠董小姐遇到了人生的一些个滑铁卢。直女癌纷纷表示拍手称快，简直验证她们一直以来的生活哲理无比正确。你看看吧，我说什么来着，混得好不如嫁得好，你看董小姐多惨，被一帮男人弹劾。

王菲这样的人的存在，对于直女癌来说简直有伤风化，这种女人就该浸猪笼，居然谈过那么多次恋爱，结过那么多次婚，这么老了还要出来追求爱情，简直就是道德沦丧。女人的功能不就是结婚、生孩子、养孩子、伺候老公嘛！

直女癌，可能就是这样的！我们女人天生柔弱，也比不上他们男人。我只要做到两个字：迎合，我从衣着品位到家庭生活都为了迎合男人而存在，我们真的就是他们的一根肋骨。我成为职场精英简直是祖上积德，谁让我们比不上男人呢！我要是不能像男人一样战斗也是理所应当，毕竟我负责貌美如花，他们负责赚钱养家。

一直觉得职场无性别之分，只有因为特质的分工不同，可以是个细腻的男生去管小事儿，也可以是大大咧咧的女生冲锋陷阵。董小姐说：我对痛苦没有深入研究，遇到事情就直接解决。职场里面别拿性别说事儿，行动才是第一位的。别糊了一脑袋的Chanel NO.5！

女人味，可有，可无；男人味，可无，可有！

中国审美癌

今天想说说中国审美癌，连度娘都无法百度出这样新鲜的词汇。所有叫癌的现代病，跟生理意义上的癌一样，难以治愈。比如：以前说的直男癌、直女癌……审美癌大概是说，对于美学这件事，有着难以言喻的执着，不可理解。比如：配色要配齐红黄蓝绿在身上的女同胞、网红脸、所有名牌大 Logo 都要堆砌在衣服的每一个角落，还有我国男青年酷爱的大金链子小手表，你们群每天早中晚都会出现的高饱和度红黄蓝绿色的问好中老年表情包。再直白点，就是你经常看到一些店的装修、一些人的着装、一些微信表情，你都会被 shock 到眼瞎。

大金链子小手表，一天三顿小烧烤

我国男青年非常执念的生活装扮，可能是港片看多了，什么山鸡哥、浩南哥。但是，这件事也是要看颜值的，搞得买家秀卖家秀一样。大部分时候你所见的大金链子小手表的我国男青年，要伴着光头，附加啤酒肚，脑袋大脖子粗，面相凶狠，左青龙右白虎，非常油腻的感觉。

金链子一定要粗，要显得有钱。搓背或者泡澡的时候，是最能显示这种嚣张感的场合，一言不合就推搡，干吗？你这是要搞事情啊！高潮来了，显示自己非常凶狠的一个憋气下去，这个金链子就浮上水面了。夏天可能也要注意点，这些大金链子很可能掉漆，搞得满脖子都是，还是要淘宝一个稍微质量好点的，这样才能装得持久！

撸串是这样的男青年非常喜欢的一项娱乐活动，称兄道弟乐此不疲。动辄要显示自己厉害无比，酒桌上能干掉很多人，喝酒都论个，一箱啤酒十二瓶为一个！倍儿有面子！

你们不懂，貂儿是信仰，我最厚的倔强

东北因为天寒地冻，所以东北人民很爱穿貂。过去你看革命偶像杨子荣在电影里面也是穿貂的，压寨夫人也要穿个貂，甄嬛传里面嬛嬛也穿貂，那貂儿都是身份的象征。你给东北媳妇买名牌包，买钻戒，都不如一个貂来得情真意切。那天看一个综艺节目，里面有个俄罗斯小伙儿，说一口倍儿流利的中文，说他妈妈有五个貂。为什么呢？因为只要一犯错误，他爸就给他妈买个貂，可见俄罗斯人民也酷爱貂儿，对于美的执念那是一样一样的。

现在这个审美传染得南方有些人也非常痴迷于貂儿。其实，南方的天气还没有冷到需要穿个貂进出。现在哪里都有空调，穿个貂儿挤地铁公交的，一挤一身汗，你说你这贵妇的行头，丫鬟的出行，不得搞个易到专车豪车接送啊。貂儿以前的用途主要是为了保暖，现在供暖设备这么发达，貂儿的很大一部分是要美观，我觉得当今这个貂儿买得好，不如穿得好。否则，穿得跟小品里面的白云一样也没啥可稀罕的。

我是电，我是光，我是唯一的神话

明星工作需要，常常名牌加持。很明显，好的穿搭，是要传递

出你整个人气质。不是说，只要是名牌都是好的，我都要穿在身上。常常在机场见到一些人，衣服是 LV 的花纹，包是 LV 的花纹，箱子是 LV 的花纹。一整个行走的 Logo 广告牌。有一些有钱人，恨不得自家厕所的厕纸都得是镶着 LV 纹样的，感觉这样擦完屁股都蓬荜生辉，包治百病不得痔疮。

中国人民有钱了，开始追求生活品质，毋庸置疑。我有钱，有权追求各种名牌。我显然不是不认同追求名牌这件事情。我们厌恶的是，恨不得浑身上下都要 Logo 外漏，这种告诉别人老子有钱的心理。我们身边有一种人，买 T 恤只买大 Logo 胸前款，就是要告诉你，看见没有，Hermes、Chanel、Armani、Zegna、Versace、Prada、Ferragamo，眼神里可能还有一种挑衅，“一看你们就不认识这些牌子，你们这些村炮”。殊不知，这个行为本身就村炮至极。

赤贫乍富的中国人，可能跟民族的奴性也有关系，以前封建社会总是低头哈腰，苟延残喘的生活。现在咱们有钱了，就简单粗暴点，只买贵的，不选对的。

亮瞎眼的微信表情

我惊讶于微信的渗透，已经到我的爷爷奶奶辈儿的。现在微信可以语音了，不会打字的人也可以很便捷的运用。然后，你就会发现你们会组一些家族群，很多亲戚在里面。老人们因为没有什么事儿，就一天三次问你们好。你都不知道他们神奇的从哪里找来这些个惊世骇俗，亮瞎氪金狗眼的表情包，它们有一个响亮的名字叫：微信中老年表情包。

酷爱红黄蓝绿基础颜色，要大面积使用高饱和度的颜色，外加更加明亮的颜色对比，点睛之笔在于高光，要做出施华洛世奇的感觉。真诚的话语、认真的眼神，朋友，让我们为了友谊干杯。

如若是长辈，我一般都是一笑而过。但是，如果是同辈，不是恶心我，认真发这个表情的，我真的想改成，干杯，我们哪里来的友谊！

马未都说：审美分为四个层面。第一层，艳俗；第二层，含蓄；第三层，矫情；第四层，病态。艳俗诸如，网红脸、春晚。含蓄，唐诗宋词，说七分你去揣度三分，等你揣度出来，你恍然大悟，再回味，觉得依然能回味很久。他觉得这是最好的。再往后走的就是有些刻意了，矫情的比如盆景，你要刻意的迎合做成一些样子而不是你本身想要呈现的。病态，并不是说不好，只是它是超出常态的，比如，《红楼梦》中的林黛玉的病弱美。

我一度很想去研究美学，至今没有死心的想去读一个美学博士之类的。我一直觉得美是有规律可以追寻的，不管这个时代怎么在变，流行网红脸也好，流行瓜子脸也罢，美一定有一些本质的东西、共性的东西。这个时代的审美，是有什么规律可以追寻的吗？有人说它是混乱的，我不大认同，所有总结的事情，都不是那个当下总结出来的，都是要经过足够长的时间轴线，就像我们现在去回头总结过去一百年的女性妆容，我们很清晰。

不管是美的何种形态，所有的美，都要是耐琢磨的，经得起时间的推敲。

董小姐的刷屏

新年一个完美的炸锅，来自两位女性，邓小姐以及董小姐！

邓小姐云淡风轻，发了自己和二十一岁男模的合照，并祝福大家新年快乐！

董小姐说：要让上级哄着你做事的人，请回到你妈妈身边去，长大了再来面对这个世界！

邓小姐四十八岁的一生搞定了无数牛逼的男人，董小姐那片草不生雷厉风行的工作态度，不管是王的女人还是女王本身，都不是一件容易的事情。两个字，贯穿她们的一辈子：hold 住。人到中年之后，就开始回忆。当初的我，应该怎么样怎么样，我现在就会怎么样怎么样。可是，你知道吗？ 大多数平庸的人生都太爱舒适区！

舒适区

有一本书叫《清醒思考的艺术》，里面说：我们总是喜欢看到成功的案例，看不到她们背后的努力。殊不知，不成功的事是大多数，我们总是侥幸地觉得她们是被上帝选中的那个。我们在看到邓太后、董太后现在如此云淡风轻后，我们也得思考她们经历了什么？一定有很多次的阵痛，很多次的逃离舒适区。

邓太后从一个运动员转型去读书学习，诸位肯定知道我国的运动员几乎是不需要文化成绩的，而董小姐则在中年丈夫去世了。然后键盘侠就会说：哎呀，总觉得是我老公耽误了我啊！我始终相信一个人的目标感，不会因为这或者那的原因而改变，人的韧性始终比我们想象得要强大很多倍。

吴晓波老师在跨年演讲的时候提到三个字：舒适感。我们总是理所当然地接受被安排的一切，比如：所有人都教育你要乖要听话，要人生三板斧：考大学，结婚，生子。这个时候你就要警惕了。老师说：2017 年你们会觉得不舒适、很陌生，但是这份陌生感却是我们前进的动力。

你每天日复一日、年复一年，过着一眼望到头的日子。天真地去祈求生活给你一点涟漪，生活不会带你去投掷那颗石头。

生于忧患，死于安乐

电影《Lucy》说人的脑细胞能力只开发了 10%，正常大部分人死的时候差不多也就 5%。也就是说，你生而为人，你死的时候连猪都不如。咱们稍微遇到点问题，事情就不得了了，天大了！

董明珠说：我对痛苦没有深入研究，遇到事情就直接解决。没人天生就会处理问题，相反的，人天生就会制造麻烦。比如：我们天生就会尿床，然后没事儿就会哭。你发现没有，单纯的情绪宣泄你是不需要负责任的。

董小姐“卸任事件”，多少吃瓜群众看着。然后，董小姐掷地有声给全公司涨工资了，然后联合王健林投资银隆。不管董小姐和隔壁老王有多少故事，所有的危机都变成了转机。

古人说：生于忧患，死于安乐。就是说，你多遇到点儿事，没啥坏处。

那天，看着王石帅气的亮相，我就觉得没人可以打垮他，除非他自己，宝能之争又算得了什么，两次登上珠峰的人，纪录保持 16 年的人，十六什么不可以淡然处之的。所有的加戏，都是群众们的意淫。

空乏其身

我觉得古人非常有道理，而且天下文章真的一大抄啊！比如：感觉身体被掏空。以前我们就说：天将降大任于斯人也，必先苦其心智，劳其筋骨，【空乏其身】……嗯，就是传说中的感觉身体被掏空！

这段话，你都背了多少遍了，也不见得能践行几许。我们懂那么多道理，依旧过不好这一生。珍惜每一次的空乏其身，然后再把这些话背一遍，变成行动。

我们不要去妖魔化邓太后、董小姐，不管是抓瞎还是努力。而你也只能在背后做一个默默无闻的键盘侠去表扬、去痛斥、去诽谤，不重要，她们看不到你！

缺乏边界感，是病！得治！

我朋友圈有一帮人。跟你一分熟，从未见过，要你做十分熟的事情，帮他对接资源、写文章、写PPT、梳理模式，还得陪聊天，不聊天就说架子大，然后夺命连环信息。一点边界感没有，我虽叫丽媛，也还真没有厉害到母仪天下，姑娘时间也真真极宝贵呢！

还有一些人，跟你不熟，见面第一次就问你，工作了吗？月薪多少啊？你要是不说，他就一副云淡风轻的样子说，这有什么不能说的？接下来会问你，结婚了没有？如果你回答没有，他就会说，怎么这个岁数还不结婚啊？你说，结了。他就说，打算什么时候要小孩啊？你说，有小孩了。他就说，哎呀，要提早买学区房啊！

上面说的例子，可能很多人都遇到过，很多人或许会跟我一样不舒服。这就是所谓的个人边界感的缺失。这样的人，觉察不到自己和他人之间其实是有一些安全距离的，别人的隐私和底线是要尊重的。我们没有那么亲，很多事情，我也没有义务去帮你，帮了是我的情分，不帮我也没啥说不过去的。

今天要说说个人边界感，个人边界感是指个人所创造的准则、规定或限度，以此来分辨什么是合理的、安全的，别人如何对待自己是可以被允许的，以及当别人越过这些界线时自己该如何应对。

个人边界感，某种程度上，我们可以翻译为分寸感、底线、原则。

这个人跟我是一个什么样的社交关系，我有必要管到别人那么宽吗？不该问的不要问，不该管的不要管，就像我并不觉得“拉郎配”是个多美好的事情一样。老子就想自由恋爱，你们管得着吗！

再直白一点，边界感这玩意儿，往大了说，你不能睡我女人、偷我汉子。往小了说，我拒绝回答你何时结婚、何时生子的问题。

我的教授们经常会遇到这样的要求，可能只存活在彼此的朋友圈，却经常被委托要帮这个忙，或帮那个忙，孩子上名校、老婆要生了，一名校教授，活脱脱变成了居委会骨干。教授们说，这叫社交剥削。想要求别人帮忙的人会说，能者多劳，那么请给多劳的人相应的报酬。还有人说，能力越大责任越大。那么，谁封我们的责任？我们也是有正经工作的，我们的时间也是时间吧。

还跟我左一个姐右一个哥的，别跟我谈感情，戒了。成人的世界只谈利弊，谈感情的都是没啥可谈的才谈感情，没关系我很俗，请跟我谈钱，我不介意。这哪是社交剥削，何止剥削，简直就是夺命社交。

就想跟那些各种没事儿求帮忙的人说，不打扰，是你的温柔。

中国人边界感缺失，你高考、你结婚、你生小孩，你所有的一切都是你爸爸妈妈以及七大姑八大姨的事情，他们总是为你好，我总是很讨厌这种因为血缘而不得不联系在一起的沉重干预，我好不容易形成社会主义的根正苗红的世界观，总被为我们好的长辈，一夜拉到解放前。老听到有人被爸爸妈妈威胁要跟谁结婚，真是（此处有脏话），这年代还流行封建婚姻观。

我总觉得80后一代最苦逼，处在小平爷爷对我们教导以及受“文革”影响较深的父母斗争，小平爷爷说，改革开放、开放、开放，重要的事情说三遍。父母的教育就是稳定、稳定、再稳定。

那么怎么应对这些哔了狗了的夺命社交呢！

首先，你要坚信，每一个糟心的人出现在你的生命里都有他的意义。那都是你成长路上的小怪兽啊，通关打怪兽多刺激，拒绝非洲脸，一定要抽到SSR。

其次，学会花式拒绝，让自己的话术飙升。

问：你一个月赚多少啊？

答：跟马云不能比，小康没啥问题。

问：你啥时候结婚啊？

答：看心情吧！最近心情一般！

问：你啥时候要小孩啊？

答：干吗？你要给红包啊？ 攒着！

朋友们，缺乏边界感这件事，是病！得治！

闲得蛋疼是一种什么表现！

演艺圈有两股黑势力，一股是被北京朝阳群众屡次举报的吸毒小分队，一股是出轨小分队。吸毒小分队，已经被北京朝阳群众举报发现的有：房祖名、柯震东、张默、宁财神、高虎、傅艺伟、宋冬野……

出轨小分队目前被狗仔队抓包的明星有：文章、林丹、陈赫、刘恺威、马蓉、陈思诚……

吃瓜群众纷纷站队：

心疼马伊琍的“且行且珍惜”。

心疼谢杏芳的“支持这个知错会改的男人”。

心疼大幂幂的“我相信恺威”。

心疼宝强的被绿成草原。

心疼丫丫的“重新出发，丫丫加油！”

港真，明星在这个问题上，回应不回应、分或者不分，都是笑话！吃瓜群众都是等着看笑话的。要不就是一副站在道德高地上的样子去指责，其实内心极度渴望被撩。或者是各种心疼，庆幸我还没有如此尴尬！或者，一副嫌弃的嘴脸，侬晓得伐，这些个小明星，乱是乱的来，啧啧啧……

我们来剖析下出轨，都是出轨，各有各的心理，各有各的套路。

我们先看看林丹、文章，这一类明显就是一种补偿心理。老婆怀孕，雄性荷尔蒙喷发，一刻不能抑制自己的动物性，这类被骂得最厉害，基本上所有的媒体都会叫这类人人渣。可是，人区别于动物，就是因为人还具有社会性，我们会知道自己的行为什么该做什么不该做。

分析下谢杏芳和马伊琍的面相，就是深明大义的女性典范。谢杏芳和马伊琍这两位女性在气场上都很强悍，混得都是比老公强悍，而直男总会希望被仰望。于是，只要故作卖萌，仰望崇拜这样的同学，立马就范！一旦被发现偷腥，迅速认错。就跟小时候，我们犯错了，父母问我们，你知道自己错了吗？我们总回答，知道！当父母问我们，你知道你错在哪里了吗？我们其实不知道！但是，态度很重要。

你看文章被发现出轨后，立马怂。很多人误解了这个字，怂，这个字结构多好，从心！林丹就更牛了。

做为一个男人我不为自己做更多的辩解但是我的行为伤害了我的家人在这里我向我的家人道歉对不起

槽点一，我国运动员真心没文化。到底是做为一个男人还是作为一个男人？

槽点二，你这道歉连标点符号都没有，你到底二五八万拽个什么鬼！

刘恺威的出轨，深夜对剧本的桥段，看起来非常顺滑，简直无懈可击呢！这就是出轨中的相悦心理，在遥远的新疆拍戏，各种艰苦，常年跟大幂幂无法见面，而这位妹妹好一个柔情蜜意啊，不如我们就从了彼此。反正大漠边疆，也不会有人知道什么个情况。but，谁知道现在的狗仔这么厉害！陈赫，也是这个桥段，在某个戏里和楚楚可怜的老公在监狱的张子萱搭档，对她产生了怜爱之心，男生总会被自己的个人英雄主义冲昏了头脑，对，我就是要保护这个女人，没有什么可以阻止我！

马蓉跟宝强的组合，就明显的是女方内心看不上男方。是出轨心理中的贪财心理，女方因为贪恋男方的钱财，不顾自己的人格，主动委身于宝强。发现我好歹一个祖国堂堂大学生，跟一个小学生可以聊点啥啊，除了啪啪啪，就是买买买，何况宝强相较于传统审美长得确实抱歉了那么一丢丢。于是，就把宝强绿成了一方草原。

陈思诚，算是出轨心理中的好奇心心理。就是爱玩儿嘛，人生苦短啊、我就是想试下不一样女生啊、搞点小暧昧啊、练点情意绵绵剑啊，我也不是不爱佟丽娅。每次记者提问关于情爱的问题，简直就是司马昭之心路人皆知。比如：人类是否要坚持一夫一妻制，这个好像不太合理。人类总是要有欲望的呀，如何看待人类的欲望！俨然一副哲学家的态度。在《真正男子汉》中，丫丫打电话给陈思诚，一个莫名的人接了电话，说了一句：哥在拍戏。然后，就 duang 挂了。剩下空气中尴尬的安静……

总结起来，出轨不管何种原因，四个字：乘虚而入。这里的虚，一译为，空闲。二译为，人性的空虚意思。用流行语来说，就是“闲得蛋疼”！没事儿出点小轨，反正闲着也是闲着！

再次铭记，与其做别人的公主，不如做自己的女王！“煲汤比写诗重要，自己的手艺比男人重要，头发和胸和屁股比脸蛋重要，内心强大到混蛋比什么都重要。”

谁不是一朵奇葩?

新一期奇葩说，像是被下了降头一样，几乎每一位选手都被导师打断。港真，这是我追了这么多次奇葩说第一次有一些不舒适、不流畅的感觉。

2016超女全国总冠军圈9

镜头扫到的每一个人都在圈9表述的时候面露倦意，马东忍不住打断了。超女总冠军，网上查了些资料，说圈9是最大的黑马。一个二次元的选手获得全国总冠军。可是，我想说的是你们这些三次元的人类低估了二次元的力量。她的夺冠代表了未来的孩子的喜好，因为他们活在物质资料丰富的今天，所以他们更愿意追求自己精神上的满足。

高晓松老师面露倦意，马东老师直接打断，何炅老师眼睛里面也有一丝迷惘，颜如晶在说到某些名词的时候一脸懵逼。加上圈9的表述有一些专业的名词，一些特定的表达，以及她们身在二次元圈的一些体会，恐怕在她的平铺直叙里面，三次元的人类真的无法理解。我们不得不承认次元壁是必然存在的。老夫年轻不懂事的时候，也在贵圈小小的混过，知道每次China joy都会有很多场的撕逼，因为所谓的不公平，就像圈9表述的那样。

动画、游戏、动漫、轻小说是伴随他们成长的东西。所以，我们也可以大胆地推测看，未来的中国会像当年的日本一样，二次元的东西走上舞台的中央，它不再是小众的、边缘的亚文化。纵观周围，这代人才是互联网的原住民，从小就会使用手机、iPad，就会在手机上点点点玩游戏，所有的儿童教辅都带着游戏化的娱乐性。

她是奇葩，她在一个目前来说小众的圈子里面。我们不求次元壁破除的那天，我们可能只要明白，世界上还有这样一群人存在，是好玩的、有趣的，有着自己不同于“标配”人生的追求。我们会给年轻人贴标签、画人生重点，这大概是我国群众太爱倚老卖老，毕竟世界终究是他们的，你操心个什么劲儿，世界不会因为谁而灭亡。我们显然要学着跟年轻人相处，我们显然也要有更开放的心态，因为他们终将改变潮水的方向。

元嫔娘娘高浩元

眼前一亮，他就是《青春派》里面的男三，勇敢做自己的妖艳贱货。因为举止的女性化以及音频偏高，所以世俗可能叫他们“二椅子”。他从小就发现了自己是个例外，于是就开始苦练宫斗大法。之所以叫自己“嫔”，我想是因为，你看《甄嬛传》里面，斗的都是妃级别的，嫔，还低一个级别呢，就是皇帝的妾，是女官。所以，算是有点小地位，也不会那么累被搞死。这算是一种哲学吗？类似于天下第二最安全这样的逻辑。

他的表述，是很戏剧性的。一惊一乍的，代入感太强了，倒是不太像嫔妃，像宦官的成分更多一点。加上他的态势语言，充满了白眼翻上天的五毛钱演技，是会有一些不舒适的感觉。也可能是为了迎合

《奇葩说》戏剧演艺的方式。他还年轻，他还缺一点逻辑，以及思想上的沉淀，辩论可能在他这里分分钟演变成撕逼。

对于这样的奇葩，很喜欢他的斗争性，坚持做自己，不卑不亢。这样的人漂亮地活在这个世界上，是对这个世界的丰富。特立独行没有什么不好，心胸为善，便没有什么不能够的。我更在意的是，他表述他老师的态度，说：高变态，你这个狗娘养的。我对教师的队伍有一些小小的看法，我很怕那些狭隘的、自私的、极度世俗的老师存在于我们的学校里面。师者，传道授业解惑也。可是，这样的老师，传的都是错的道，也解不了我们想做自己的惑。他们戴着有色眼镜对待孩子，他们用难听的词句去批评孩子。

就像何炅说的那样：这样的老师，才是狗娘养的。因为，教师的职业生涯约莫三十年，你得影响三十拨学生的世界观。不是所有的孩子都强大如高浩元，那么大部分的孩子可能就毁于你的言语辱骂。

毒舌冉高鸣

冉高鸣是这个时代的缩影，是这个时代想成功的年轻人的缩影。他描述着他的生活，如他在其他节目一样的毒舌，以及自黑。从冉高鸣的描述，我读出是对自己过往生活的戏谑，并没有什么对于贫穷阶级的歧视。高晓松读出一丝不适，强行打断，说：我觉得听得有些不舒服，你作为一个并不富有的人，你在侮辱一个阶级以及他们的生活。你可以从这些平凡的生活中发现一些美。果然，高老师不负他诗和远方的代言人称号。

有错吗？没错。冉姨因为两年前的被拒绝，这次是抱着必须拿下的心态来的。有时候，做人太执着，就越容易失去。就像一张白纸上的黑点，太执念我便只看到那个黑点，而那大段的留白都等着你去书写，等着你去描绘美好，而你看不见。高老师也没有错，他年少得志，父母高知，手里握着一把好牌，年轻的时候高老师很混不吝。所以，他也不能理解冉高鸣，家境一般，入学时体重达二百斤重的大胖子，专业倒数，在自卑中度过的日子。

从小拿着一把好牌的人，这辈子都不能理解，手上没有牌或者没有好牌的人，苦心去攒牌的焦虑。冉高鸣的焦虑是这个时代赋予的，这个时代就是焦虑的、标配的、用钱去衡量的。高房价、高物价，一个没有背景只有背影的孩子只争朝夕的心境，他渴望逆袭、渴望改变、渴望认可。急什么？确实没有什么好急的。可是，如果我们能清醒地认知到我们的现在以及未来，我们就不是孩子了，我们就不是迷惘的青年了。

我觉得何炅老师的话是暖心的，说出了一类人的心声。你把你一个有抱负的紧迫感表达出了一个哀怨的慌乱感。我们都曾有过慌乱，社会塑造了这样标配的价值观，车子、房子、票子，我们想做我们自己，而大部分的年轻人都是被人流的方向拥挤着。

谁不是一朵奇葩？我们以前说奇葩是奇特而美丽的花朵。现在我们说，某个人不落俗套，个性十足。谁没有点奇特的小爱好，想要坚持的小自己。我老说，我是一朵大奇葩，我不危害世俗，不妨碍别人，我就想做一个自己。没毛病！

有一个小愿望，愿每一朵奇葩都能争奇斗艳，拥有遗世独立的美好！

松弛是一个好词儿，可是你们做不到！

在中文的解读里，松弛一词，联想到的是老态的、松散的、没有那么美好的词语。毕竟在全世界勒紧裤腰带，狼性的、大刀阔斧的互联网创业的时候，凡事都讲求一个“快”。你松弛个什么鬼啊，你这是逆时代啊！你会想到美人，年老色衰后的皮肤松弛；你会想到一个组织的管理是松弛的，管理得不严格。在我的理解里，松弛是一个好词儿，因为能hold住很多事情，于是就是淡定的、不慌张的，我说的是灵魂。

与松弛相反的词语是：紧张、慌张的、严格的。

我们看看都市人慌乱的、紧张的日常。有一次早上，我打了辆专车，师傅从我上车那一刻开始，因为堵车一直骂脏话，后来骂得嘴都干了，就拼命喝水，喝完继续骂。我忍不住了，我说师傅你第一天开车吗？早高峰堵不是正常的吗？

我们会看到饭厅里面，因为服务员服务的一丝丝不好，就受了莫大委屈不好好说话。只要有一个菜有问题，我就得吵到整桌菜都不给我收费，我才罢手。对啊，你拿了工资，这是你的责任，你为什么服务不好呢？我也是付了钱的，凭什么要受你这份气？

三八节、女王节、女神节，这些抓瞎的节之所以被这么重视，你们想想，是不是商家打促销信息最好时刻，然后你就下了套了。该怎么过怎么过呗，给自己买点好的、吃点好的、用点好的，都行啊。关键矫情在，如果老公或男票这一天出差，有一些人就沦为空窗一般的空虚寂寞冷。我真真觉得，你又要你老公能赚大钱给你花花花，还要天天在家陪你。我站在男人的立场，深表为难。谁不想天天老婆孩子热炕头啊，谁特么愿意天天出去喝喝喝啊？你慌什么呢？！

你这么在意，还不是因为不能在朋友圈炫炫炫嘛！这一天朋友圈日常打开，都是老公送的玫瑰花、男朋友送的手表又或是老公陪我在外滩吃大餐、男朋友陪我在商场逛街买买买。成熟点，好不好，你的幸福不活在朋友圈啊！你对于你男朋友如此严格，也没见你对你的那二两肥肉和日渐垂老的脸，如此严格啊！

我们慌张，朋友圈的所有的分享，你都觉得你想要获得，体验一把。那些好吃的餐厅，排了五小时的队伍，必须要去，我不能落伍。那个某某牌子刚出的唇膏，这又不贵，我要每个色号买一打，这样就能顺利地在朋友圈炫了！那个某某牌子出的包，明明十分难看，不行我得买，这样才能显得我的社会地位，我有钱啊！

我们不能脱离时代、脱离时尚、脱离火热的话题中心。可是，那不松弛啊，那在用自己全身心去迎合啊！你真的斗志如此昂扬的想活成别人朋友圈的样子吗？可是，你在比较之下、迎合之下、裹挟之下，你开心吗？

我们整个时代的氛围都是紧张的，我们总害怕失去。我不能丢失大国尊严，我们不能落后，我们不能……我们常常把一种积极进取的奋斗感，活成了一种汲汲营营的紧张感。明明是一个相当高级的精神，我们不知道哪里出了问题。当我们被问及你快乐吗？你什么时候最快乐？你发现大多数人一阵沉默，那种时候，你觉得这种沉默是可怕的，因为你会发现你的快乐如此难取悦，你所经历的本该有的快乐，你不记得了！剩下的还是焦虑、紧张，你们连脑子里的乌托邦都没有，你没有你的温柔乡，你永远生活在别处，别人给你设定的角色。你演了很久，你也不觉得哪里出了问题，可是你是不开心的。

我的时代都在演绎别人。

因为我们充满了粗制滥造的中国制造，缺乏匠心，所以一帮人高呼我们要尊重匠人，我们要尊重匠心。因为日常的概念里没有诗和远方，我们逢人就说，你知道吗？你要有诗和远方。我们的情怀都是用来放在演讲里面点缀的，然后就把这么好的词儿用坏了。

我们精神上缺失得太多了，于是我们玩命儿似的去补啊，不管三七二十一逮着什么看起来像那么回事儿的，就一阵恶食乱补。然后，你就看到一堆乱七八糟的人，天天在那里玩什么珠子串子，搞得这是品位的代名词一样，一定要穿中式服装。这些就像是中年男人的伟哥一样，振奋身心。读了一堆的乱七八糟 MBA、EMBA，依然拯救不了你们无知的内心，但是他们学会了站在更高的道德高点，指责芸芸众生，和不如他们有钱的年轻人，仿佛我说出来的话就是《圣经》。我们培养的一帮直男癌、直女癌，然后这帮人做了管理层，主宰了中国的主要的行政岗位，我惊悚……

前两天看一个节目叫《圆桌女生派》，蒋方舟就是紧张，她这么优秀的女生，她惶恐紧张地说：我在两性市场是被选择的。

老徐惊讶道：为什么？你这么漂亮！

老徐说：我才不关心他们怎么看我呢！所有的焦虑和挟持都来自别人想让我变成什么样！你被“挟持”了，而你却在这个旋涡里不能自拔，但是你觉得活在话题里，活在社交的中心。我其实特别好奇，你们哪里那么多的“偶像包袱”啊。

我也不知道我有没有说清楚想表达的，毕竟是夜里起来写的文，可能有点犯迷糊。我只是觉得你们该变成自己想成为的那个人，有趣、松弛且不被挟持。

松弛，我说的是心灵。你能 hold 住你的现状，面对熙熙攘攘，人来人往，还能活得像个自己！

徐静蕾、罗振宇、郎咸平没有告诉你的人生 Plan B

朋友圈是个好东西，让传播变得非常容易。以前我们听鸡汤都是得从老师嘴里说出来，你还得交点学费，现在朋友圈就大把的鸡汤，随便喝。我最讨厌这种人，看风就是雨，看到别人一丢丢的言论，你能联想出一个世界。

一年前罗胖说：我把车子、房子都卖了，我租车、租房。于是，很多年轻人效仿之，你看人家罗胖多有魄力，在这个用房、车标榜财产的时代，敢逆流行事！偶像、牛逼！

徐静蕾说：我目前不想结婚，但是我也过得不错。简直是大龄未婚女青年的偶像，我们这是因为优秀被剩，你们别没事投来同情的目光。

郎咸平说：我就劝年轻人，别买房、别买车，学会更好的理财，就跟我一样！被很多奋斗打拼渴望逆袭的年轻人奉为《圣经》。

公众或者说屁民绝对是希望发声的，名人之所以为名人，是因为他的随便一番言论都会变成一个导向，教育和影响了很多人。每当这种“诲人不倦”的言论出来时，公众就对号入座的去践行了，并且会大张旗鼓，浩浩荡荡。

可是事实是什么呢？

罗胖卖了北京的房子，去香港买了腾讯的股票，股票增长势头超过了帝都的房价，罗胖赚的钱又把北京的房子买回来了。

可是去掉老徐的容貌、事业及年轻帅气的男朋友，老徐还会这么有底气吗？她二十来岁的时候，没有过迷惘、裹挟以及被世俗打量评价的目光吗？

郎蜀黍给他第六任太太送了一套房，给小三送了一套房，也给小三的父母送了一套房。更抓马的是，和小三闹掰了以后，郎教授想把房子拿回来，还诉诸法律的手段去收房子，气概不得不敬佩一番。

罗胖光顾着自己说得开心了，郎咸平享受到鲜花和掌声了，徐静蕾享受到自己肆意的生活了，你还是个没房没车的臭屌丝啊！甭管听谁忽悠，作为成年人，你做的每一个决定，责任都要自己负责。公众总爱断章取义的忽略先决条件！你也无法真正了解到，他做这样一个决定背后的Plan B。

当我们看着别人成功的时候，我们总愿意相信别人是因为运气好、有机遇。我们忽略了他做某个决定的挣扎与迷惘，他承担了这个决定后的成果或者后果。我们忽略了他对于现实某种趋势的洞察，我们忽略了他做到这个洞察而读过的书、经历的磨难以及不动声色的继续努力。

我们忽略了名人的轨迹是不可模仿的，我最害怕别人告诉我，他想成为马云第二，马化腾第二，罗胖第二，我害怕年轻人跟我这样阐述，每当我们说出这样的话的时候，我们忘了我们还有一个真正的自己！我们忘记了，马云在做阿里巴巴时，穷得连工资都发不出，我们也未曾经历过，马爸爸因为长相奇特被肯德基拒绝。

最近我想把自己做公众号的一点小小的心得，分享给一些年轻人。

他们告诉我，他们想学自媒体，想知道这是一个什么样的东西。我说，你要怎么学习呢？而后，他连创建一个公众号的动力都没有。他们之所以想学公众号的一些东西，可能是看了咪蒙最新的推文《我的助理才月薪 5 万》。然后，他们就带着年轻人的幻想，觉得我学了这个是不是就能变成这样的人了呢？毕竟这个东西这么火！我要知晓一下！可是你们忽略了，那个助理之所以能变成现在强大的助理，月薪五万的助理，她读过的书、走过的路、埋头做的事，以及取每一个标题动的小心思，捕捉每一个话题的思考，寻找制作配图的纠结，以及所谓的凌晨四点丰台的早晨！当你想被人提拔或者贵人相助的时候，你至少该有一点小小的才华！

我们总愿意相信一个人的成功，是一蹴而就的，我们看不到沉下去的岁月，我们永远只会艳羡“薄发”，我们看不到冰山下的“厚积”。我们太喜欢忽略别人成功的先决条件，家庭、出身、天赋、环境，我们更看不见别人成功背后的努力。罗胖年轻的时候喜欢阅读大量的书，之后去了央视。徐静蕾小时候练习书法并且长得还算出挑，郎咸平是个厉害的学霸。你们要相信，没有一个成功是轻飘飘的，如果成功来得太轻飘飘，我们就会膨胀的亲手毁了他，就像一些年少得志的人。

什么叫先决条件？美女们常说，我其实不太在意外表，因为生来有之，便觉得习以为常，好像时常因为貌美，不知道拒绝谁而徒生烦恼。因为美貌带来的诸多便利，我们也觉得那好像是因为我的努力得来的，而非长相。身为北京朝阳群众的貌美女青年徐静蕾怕是也不懂一个小城市出来相貌一般的女白领，所要面对的世俗困扰。生而为学霸的郎咸平，怕是也不太能理解我这种先天学不好数学的人的苦恼，喜欢读书吹牛逼的罗胖，怕是也不能理解很多人看到字太多就无法阅读，在公众面前说话就脸红。

我很少艳羡别人的生活，每个人的生活都会有 Bug。我相信每个人的生活都是自己选择的结果，我们既选择，就要承担为此带来的好的结果、坏的后果，这一切都要你自己经历并且承受，父母、儿女、亲人不好替代。我爸爸妈妈不太喜欢帮我做决定，所以我打小凡事都是自己做决定。当初，我不顾家人反对来到上海的时候，我也经历了父母很久不跟我说话、亲戚朋友的不理解。在他们看来，一切都很平静舒适的生活，你为什么不享受，却要去受罪。我也经历了在单身公寓，没有家里大房子住的不适应。可是，当你回过头来，看到你的所得，你也许会觉得，或许也没有那么差，至少成就了现在的你！

拥有独立意志是多么重要的事情，那些名人的言论，不会告诉你他的所有参数以及先决条件。所以不要只做大自然鸡汤的搬运工，你并不知道他们经历了什么。少去艳羡别人的生活，做好当下的自己并能有一件自己做的有意义的事情。人生是场大戏，不要看三五分钟就下了结论，送给浮躁的一些人。

你的肉体，搁我这不值钱！

最近公司来了很多小朋友，然后职场新鲜人们总有很多好玩的问题。有一个小朋友谈判搞不定的时候，老爱开玩笑说，我准备去说（睡）服他了！另一个则老喜欢跟身材好的帅哥美女搭讪，非常直白地说：我觉得你的身材好好呀！然后表露出一副花痴的样子，口水快要流出来的样子。

花痴的姑娘，每每跟别人勾搭都从一句，花痴状的你身材好好开始，屡试不爽。你知道一般这种自信的健身狂人，都会故作谦虚地说：就还好啊，你也可以啊！这样就开始聊下怎么健身啊，怎么吃东西啊，就能很好地勾搭下去了。

有一天晚上，一群人走向地铁站，这几个人里面都是健身的，姑娘又开始过往的桥段，夸男生身材好云云，一阵谄媚。我就随便插了一句：能不能不要在每一个场合，显得这么色色的，毕竟你也是跟我混的人。

姑娘大概前天晚上的话放心里了，第二天特别跟我探讨。小野姐，你不喜欢肌肉男吗？那你喜欢什么样的？我反问她，你喜欢肌肉男吗？她笑着点点头，补充道：因为我觉得他们身材好好呀，我身材不好！她又追问，你喜欢什么样的？

我说，我喜欢脑子好的！她说你对身材没有要求啊？我说，工作这件事，我要把身材放在第一顺位，我这工作还做不做了。在工作的时候，如果你不能帮我搞定事情，不能跟我在一个战壕冲锋陷阵。你的肉体再美，跟我有什么关系呢？首先，我们能建立革命友谊，其次，我们才能建立友谊！

我们招人的时候，可能不找觉得自己非常美的。觉得自己非常美的人，偶像包袱太重。我们冲锋陷阵的时候，他要看看自己发型乱了没有，还要掏出来小镜子之类的。可能一半的心思不在工作上，而在如何在我司迷倒其他同事的执念上。觉得自己太美的人，会觉得美就是最大的武器，而放弃了其他地方的精进。

偶像包袱重，还有另外一个问题，就是不容许自己犯错，一旦犯错就慌了，我这么优秀，怎么能犯错呢？立马嫁祸于别人。他们永远觉得我要在领导面前，表现很完美的形象。不管从肉体还是整个做事的结果。我以前觉得只有小朋友才会这么幼稚，我后来发现不是这样的，很多一把年纪的，觉得自己还风韵犹存的蜀黍阿姨也是如此。

可能也不会找太没有主见的这类人吧，前二十几年都是为了父母活的，你问他这件事情要怎么处理啊？他是慌乱的，他内心的 OS 是：领导你说怎么处理就怎么处理嘛！你就发现领导不是领导，领导是亲妈来着，时刻准备好给他“擦屁股”。

我们也拒绝玻璃心。玻璃心，就是打不得、说不得，得供起来。你说公司哪里来这种条件，对吧。每天得三炷香，对于共事的同事实在压力太大了。每天心情不好负能量，公司还得运转吧。负能量这种东西，特别具有传播性。领导每天那么忙，忙完公司，忙家里，上有老下有小，哪有那么多时间，天天关心你心情是否美丽，每天一剂鸡汤啊。

如果再说点更高的要求，可能希望是有一些兴趣的。90后的兴趣，比前面几代人都更加丰富广泛。因为90后有更多的选择，所以在职场上显得很不稳定。今天我高兴我多做点，老板不吩咐的我也做了，明天我失恋了，我就要辞职，老板再见吧。

我不能说这样不对，我只是觉得，我们在面对问题的时候，首先不是逃避，是面对解决。其次，我们总是以情绪为导向，我们在做事的时候，会让心性迷失，我们就会忘记去想这类事情方法论。出来混迟早要还的，本质的意思是说，人生总会高高低低，你这会儿顺风顺水，下一拨说不定水逆个六百天。除了老娘不乐意了，我就消失吧，还有很多更好的处理方法。这些思考的东西，会成为你做更大事情，遇到更大挫折时的基底。很多事情，是可以通过职场的多年训练解决的。

小朋友，你的肉体，搁我这不值钱！但是，如果你愿意我们共同做一些事情，那么请用你的实力说服我吧！

有个黑洞叫同学聚会

至今参加过的同学会数得过来，我不太热衷参加这种活动。你们有没有发现一种现象，过往的同学，如果不是特别有趣，喜欢探索生活的人，你们数次的同学聚会之后，会变成这样一个奇葩的场合。你们的话题只有回忆回忆，拼命回忆过去的过往，而现在因为三观不是很合，所有可以共同回忆的事情和人，扒拉过之后，空气中就略微会有一种静止的尴尬。

就连过往的同事，如果没有继续探索更好玩的生活，见面之后就会变成你们对过往公司的吐槽会，负能量简直蹦出天际。所以如果，真的有私交不错的同事或者同学，我就选择了私下的单约，也绝不愿意在同学聚会或者同事聚会中充当人肉背景。

春节回家，在一个当地还算有名的饭店，遇到了小学同学和高中同学。小学同学皮肤还是白白的，手里夹着一根烟，烟圈中氤氲出的胖出天际的脸，有一丝风尘。高中同学环肥燕瘦一如当初。一点儿都不愿意去热情地说声：嗨，你好吗？然后，剩下不知道丢失的这么多年的彼此的生活，从何说起。

同学聚会的节奏大致是这样的，当被告知你们离校十年或者二十年的聚会的时候。平时质朴的关注孩子教育的妇女们，开始用尽毕生的美学去拾掇自己，希望沉浸在暗无天日、相夫教子生活中的自己，能在脸上闪出一些洋气的赶脚。

然后，就开始花上一两个月的时间去准备“战衣”，通常这些战衣要显得非常别致、非常贵。手机如果可能就换个顶配的，以前舍不得买的包，一咬牙一跺脚，买了。谁都不愿意承认在这么多年的生活里，历经沧桑。可是，明明谁都会在生活的浸泡中历经沧桑。

等到快见面的一个星期，如果班级里面还有可以惦记的人，就开始心里泛起涟漪，陷入一种回忆。那个爱过或者被爱过的男生女生，我都想着去看看，我们不在一起的这么多年里，你过得还好吗？曾经的男神，是不是还如当初的那般玉树临风，或者不仅玉树临风可能还事业有成。如果我见到他，我们还会发生一些什么吗？当初的女神，是否被生活摧残成大腹便便的妇女。

女生恨不得把包的标志糊到你脸上，看到了吗！LV、香奈儿、爱马仕，男生恨不得把袖子撸起来告诉你，看到没有？百达翡丽！劳力士！山炮！女生的钻戒恨不得对着灯光，闪瞎你的氪金狗眼。男生的车钥匙，恨不得自己就会说话，自己就说保时捷、法拉利、奔驰、宝马……

这一轮你追我赶地怼，表面上和和气气，心里都在换算着价格，奔驰最屌丝的C200没几个钱，还不如我的大众途观呢！你这个房子在上海哪里买的，你要是跑去昆山边上买，我也就不说啥了。再拼一番事业，哥们儿外企高管，姐们儿公务员编制，国企中层干部，创业自己当老板，哟……新三板上市啦！

混得好不好，都得装装逼，毕竟装逼又不犯法。老考不及格的狗剩，现在是上市公司老板，曾经的小明、小强现在在帮他打工。曾经的考试最好的，现在在中学当老师，窝囊的没有一官半职，曾经中不溜成绩，长得好看的，现在是电视节目主持人，曾经最先发育的女生，虽半老徐娘，却风韵犹存那股骚劲儿。

同学会A同学把留在北京没有开回来的法拉利跑车的钥匙放在桌上，当年的暗恋男女撒欢似的开玩笑。反正老婆孩子热炕头都有了，开点有色玩笑，没羞没臊。突然，发现曾经青春期爱得死去活来的，各自相看默然，还有一丝忸怩，曾经暗送秋波的翠花和雪村，各自离过两次后现在又在一起了。

喝醉，不省人事的喝醉。为了青春，为了春风得意，为了初恋长残，为了这么多年混得好或者不好，那些一言难尽的，我们错过的彼此的青春，我们无法相伴的流淌的日子。为了部落，为了联盟。

曾经有共同经历的一帮人，但是因为现在的经历三观相差太远了，话题无外乎车子、房子、孩子。最放肆的无非是同学会上叨叨当年的感情往事。还能怎么样呢？得意也好，失意也罢，一声叹息，时间都去哪儿了！你们就跟社会社交一样，吃饭、唱歌、大保健。你们拼命想找寻的关于年少的记忆，你发现，你故作多热络，却因为这些年社会上的经历，而有了很多芥蒂。

而庸常的同学聚会之后，我们各自回到生活的轨道，那一丝的涟漪会随着时间慢慢归为平静，那因为同学聚会建起来的微信群，也被时间的黑洞慢慢吞噬，如大家从未来过一样，变成僵尸群。

耳畔响起那首歌，陈老师的《鱼》：

带不走的丢不掉的 让大雨侵蚀吧

让它推向我在边界

奋不顾身挣扎

如果有一个怀抱 勇敢不计代价

别让我飞 将我温柔豢养

后记

我是一个怂怂的女文青，插科打诨这么多年，终究是能出书了。书名改了三次，第一回想叫《野·段子》，得意自豪了半天，出版社无声了。第二回想叫《我们都是神经病》，出版社说不和谐。遥遥无期等了近两个月，想说宿命也就是如此，这一年半载做不了作家了。第三次，又删删减减改了一稿，想了半天不知道叫什么，想起很多年前五月天的演唱会的场面，有一首很热血的歌叫《在我内心尚未崩坏的地方》。我攒了一年多的这个小小的公众号，描写了很多真善美，也抨击了很多假丑恶，赞颂了一些爱情，也吐槽了一些世俗。它是我的后花园，书写我内心的地方，那么就叫它《内心尚未崩坏的地方》吧！

狮子座终究不爱信命，从大理去丽江的火车上，虽因没有回复而心情低落，却总相信有好事情要发生，江苏凤凰文艺出版社的老师给了我信息。那一刻释然，一块石头终于落地了，这种感受如高考等录取通知书的焦灼，上帝还是眷恋我的。

他们问我，如果出书了最想第一个告诉谁？我想了半天，没有什么特别想告诉的，那就告诉下曾经批评我的数学老师吧。他曾经数次说我，作文写得好有什么用，又不能当饭吃。这一天终于来了，精神食粮也是食粮。怎么都有点报仇雪恨的意思，为所有数学学得差的文科生正名。也很想告诉韩寒，毕竟很多年前，站在数学老师办公室被骂的时候脑子里浮现的是他。

感谢工作忙得快要飞起来的自己，还会逼着自己思考人生，并把它们写出来，那才会是沉淀的东西。正如袁岳老大代序的标题一样：说出来的是话，写出来的就是道了。感谢发现了我的江苏凤凰文艺出版社的老师，我们碰了一次面，便决定给我出版。感谢过往所有经历的开心或者不开心，“小确丧”或者“小确幸”，丰满了“小野酱”的人设。感谢那些默默地在微信公众平台背后阅读我文章，转发我文章，打赏我文章的果酱们，是你们成就了我。

肆意的灵魂，还会在岁月的时间轴上野蛮地生长，那一个叫“小野酱”的闪闪发光的少年，哦，不，少女！

小野酱

2017 年 10 月 15 日